U1007892

愿你的青春不负光芒

MAY
YOURS
BE
YOUTH
WITHOUT
SHINE

云公子 著
YUN GONG ZI

民主与建设出版社
·北京·

©民主与建设出版社，2024

图书在版编目(CIP)数据

愿你的青春不负光芒 / 云公子著. -- 北京：民主与建设出版社，2017.6（2024.6重印）

ISBN 978-7-5139-1521-2

Ⅰ.①愿… Ⅱ.①云… Ⅲ.①散文集－中国－当代 Ⅳ.①I267

中国版本图书馆CIP数据核字（2017）第100365号

愿你的青春不负光芒

YUAN NI DE QING CHUN BU FU GUANG MANG

著　　者　云公子
责任编辑　刘树民
出版发行　民主与建设出版社有限责任公司
电　　话　（010）59417747　59419778
社　　址　北京市海淀区西三环中路10号望海楼E座7层
邮　　编　100142
印　　刷　三河市同力彩印有限公司
版　　次　2017年10月第1版
印　　次　2024年6月第2次印刷
开　　本　880mm × 1230mm　1/32
印　　张　6
字　　数　170千字
书　　号　ISBN 978-7-5139-1521-2
定　　价　48.00 元

注：如有印、装质量问题，请与出版社联系。

愿你的青春不负光芒

CONTENTS 目录

去做想做的，不要留下遗憾

CHAPTER01

青春正好，梦想正烈

\CHAPTER02

时光且美，我且在爱

\

＼CHAPTER03

风景依旧，仿若初识

＼CHAPTER04

光芒万丈，青春不歇

\ CHAPTER05

静安韶华，向阳而行

\

CHAPTER

01

青春正好

梦想正烈

带着梦想努力，一路走来，跌跌撞撞，充满艰辛，永远不知道明天和意外那个会先来，用心生活，感受生活带给你的每一个瞬间，不抛弃不放弃，20出头的你，要勇敢地面对美好的未来。

别辜负了追求梦想的那些好时光

1

二十岁时的你说，“我有一个梦想，等到三十岁我要开一间面包店，店里卖着自己做的糕点和自己煮的咖啡。”为此，你还特意去读了烘焙学校。兴冲冲上了几节课便有点倦了：“哎呀，好不容易熬到周末，太累，想好好休息休息，这次就不去学了吧。”

但士气再而衰三而竭，慢慢地就更不想去了：“闺蜜约着一起逛街，请个假吧，我们好久没见了呢”；“我还是在家陪男朋友吧，不然他要有意见啦”；“外面四十度高温了，不想出门怎么破解”；“学烘焙怎么这么麻烦啊，我还是不要当真，只把它当成兴趣来玩玩好了。”

你说过几年想开一家摄影工作室，专业镜头倒买了不少，摄影技术却总不见长进。嗯，怎么能有进步呢？图书馆借的相关书籍一直没时间看，拖至到期日，直接原封不动还回去；各种摄影论坛上了几次就因为工作太忙再也不去了；买来的镜头也是用来积灰的，带出去拍照时还说重，又嫌镜头换来换去太麻烦。

现在，终于到了跟自己约定的时间了，你却仍做着一份朝九晚五不痛不痒不惊不喜的工作。面包店摄影室依然是你的梦想，只是不大相信它能在你有生之年实现了。

2

最近认识了一个正读大三的小姑娘，二十出头的她对未来规划十分清晰，目标是拥有自己的电台，做一名每晚用声音陪伴大家的深夜主播。她学的专业是理工类的，却想靠播音为生，其中艰辛不言自知。

大一开始，她通过做一些为影视和动漫配音的兼职工作不断锻炼和纠正自己，大家听到的几分钟音频，她在背后不知道录了多少次，花了多少时间。公众号流行后，她经常为一些大号录音，慢慢积累了经验，也带来不少粉丝。

这几年来，她每天早上五点准时起床，围着操场一圈一圈绕，为新一期节目录音；晚上宿舍熄灯后，同学们都睡着的时候，她还对着电脑看剧本看文章捋台词，为第二天的录音做准备；假期别人都出去玩，她要留下来做剪辑补录。电台做起来后，写文章、录稿、剪辑、推广，都是她一个人完成，通宵达旦是常事。

有些人对90后的印象不太好，觉得他们娇生惯养吃不了苦。但事实上，我接触到的90后真的非常拼，只要自己认定的事，再累再苦也要咬牙做完做好。

也许你会说，年轻真好，精力充沛能折腾，跟他们比起来，觉得自己更老了。其实，年龄并不是你跟他们的最大差别。当你失去为梦想而努力的决心和行动力时，才是真的老了。

3

想起一个以前做人力资源的朋友，从小到大对手工情有独钟。工作两年后，偶然情况下接触到拼布这个东西，便一发不可收拾。

这是一项费钱费时间的爱好，刚接触第一年，她把工资全部花在了相关学习上。拼布的材料和工具都是进口的，很贵，报证书班的课程费也要几万，她平日里努力工作，只为把钱攒下来用到这项她热爱的事情上。下班后就窝在家里穿针引线，桌上的针插、坐垫、被套、手提包、针织上衣，都是她的杰作。

证书拿到后，她迅速辞职，和另一个小伙伴开了手工工作室。我认识她时，工作室刚成立一年，每周有十个不到的学员来上课，夜里愁到睡不着。现在五年过去了，她的课程范围从拼布拓展到钩编、刺绣、禅绕，请了几个老师，微博吸引了几十万粉丝，收益很不错。不过她更忙了，还跟别的城市一些拼布工作室合作，时不时要去授课。

我问她这几年做得这么好，可有什么秘诀，她笑了笑说没有，只有不眠不休的勤奋和死撑到底。创业初始，独自拎着几大箱材料和作品到处参展拉业务，还舍不得打车，只坐公交。经常一周连续跑几个城市讲课，乘凌晨的飞机去再搭深夜的飞机到另一个城市，晚上只睡两三个钟头。

周末闲下来的几个小时，也不能心安理得地休息，要么坐在工作台前完善成品，要么和其他工作室确认下周事宜。哪怕无事可做时，追追剧也觉得内心愧疚，感觉自己好堕落。这种自虐的心情，我想创过业的人都能懂。

4

其实，这哪里谈得上是堕落呢？工作日比其他人都勤奋，周末更因为学生众多忙到不可开交，待在工作室的时间远超过在家的时间，正儿八经坐下来吃顿饭也没几次，甚至没空谈恋爱。

大概是因为，还心怀梦想，才对自己如此苛刻吧。

当你二十岁，心怀梦想，却因为自己的懈怠而放弃了；当你三十岁，看到别人在为梦想的事业奋斗，过着辛苦但朝气蓬勃的人生，你却只剩羡慕和遗憾。

有些人会问，人生苦短，何必对自己那么苛刻呢?

梦想不是靠梦和想来实现的。很多人晚上入睡前躺在床上踌躇满志地想，我明天一定不要再这样下去了，然后在天马行空的设想中睡着，第二天起来却还是一样，做报表刷网页逛淘宝，下班时松了口气：唉，又混过去了一天。

对自己苛刻，是因为，我不想做个只会做梦的人。

趁梦想还在，切勿辜负这好时光。

制定了无数的计划，拥有无数的梦想，今天再看，发现，那么多计划，那么多设想，却没有努力。总说这一生遗憾太多太多，却总是没有办法去让自己不遗憾，下一秒，依旧在犹犹豫豫，依旧在不断错过，于是，遗憾不断加深。你是这样吗?

二十岁之前，你可以用很多的激情去对抗、去叛逆，说出太多的我不想。可是到了二十岁，你就要认真地问自己一句我想要过怎样的生活？青春除了用来享受和挥霍，还要用来思考和抉择。只有确定了自己的方位，才能在梦想的指引下，为下一个十年铺路。

梦想是心中的一盏明灯

曾经，北上广是多少外地年轻人寻梦的地方！但是突然有一天，你发现这里已经变了，房价高企、人口、交通拥挤。你想呼吸一下免费的空气，却发现到处都是城市地下污水管渗透出来的丝丝腐臭气息。城市很热闹喧嚣，但内心却很孤独迷茫。

近两年来，我身边熟悉的人之中，不少人已经选择了离开，我突然发现，“逃离北上广”，确实是一件真实的现象和趋势。人们不必一定要挤进一线大城市生活，二线城市也有其吸引人之处。从另一个角度来说，北上广这类一线大城市发展到一定阶段，人口剧增，房价高攀，交通拥挤，一部分人选择用脚投票，逃离一线城市，回归到二线、甚至三线城市过另外一种生活，虽然多属无奈，但也未尝不是一种明智的选择。

留下来的，各自精彩与无奈着；回归的，却总是相似的……

婷子

婷子2014年从广州的一所二本院校法律专业毕业。由于不是名校毕业，要想找到好单位也不容易，考广州的公务员吧，竞争激烈异常，难上加难。

最后经亲戚介绍，她进入了一个行政机关当聘用制工作人员，工资却比公务员少了一大截，这还不是最主要的，促使她狠下决心改变的，是一件发生在她与领导之间的事，她的局长经常以工作为由留她加班到很晚，有一次还向她暗示，如果从了他，他会好好关照她。看着这个50多岁，头上已经秃得没剩几根头发的领导，她感到一阵的恶心。从那天起，婷子就下定决心一定要改变这种现状。婷子她开始努力复习，一年后考取了司法职业资格证；再过一年后，她凭借自己的努力通过了老家所在市的公务员考试，成为一名正式的公务员，她再也不必忍受那种同工不同酬的“待遇”了。

丸子

丸子最初的情况与婷子类似，也是广州的一所二本院校的毕业生。毕业后在广州一间民企打工，老公也在广州打工，生下一个女儿后，等到女儿上幼儿园的时候，老公带着女儿回潮州老家帮忙打理家族生意。

丸子一开始是想在广州落地生根，他们已经在广州郊区贷款供着一套小房子，丸子想通过各种方法积分入户，所以仍留在广州打工，等积分入户成功后，再回老公的家乡与他们团聚、生二胎。这样，在广州保留了一套住所及自己的户口，将来自己或子女想要出来一线城市发展也有了后路。两地分居多年后，丸子积分入户办成后，便辞去了广州的工作，回到了老公的家乡潮州。

有一次，丸子来广州办事，我们一起吃饭，他说在潮州生活的非常舒服，上班很轻松，工资虽然不高，但那边物价相对低廉，也不觉得有什么生活压力。每天下班回到家中，勤劳的潮州家婆已经做好了 桌可口的饭菜。她说，家婆希望他们第二胎生个男孩。她笑着说：“我会努力生二胎的。”看她回家以后，人长胖了，脸上痘痘也少了，回去有老公的滋润；女儿有妈妈在身边则更加快乐；家婆待她如同自己的女儿一般。“回到潮州，我觉得如同回到了天堂”丸子开心地说。

卜卜

卜卜毕业于一所重点大学，毕业那年被广州一家大型国企招聘进入公司工作，卜卜家乡在广西，家乡有个青梅竹马的男朋友。虽然如此，当年年轻的卜卜觉得还是决定到大城市发展，在广州的大型国企工作，这在亲戚朋友中提起也倍儿有面子，多少父母含辛茹苦供养自己儿女上大学，不就希望儿女能够到大城市找一份好的工作光宗耀祖吗？

进入公司后不久，卜卜总感觉有些不对劲，单位领导对她有点过分关心。有一次，领导叫了几个同事一起到他家别墅做客，卜卜也在其中，到他家后，领导的儿子也在家。过后，卜卜的一位同事大姐问卜卜对领导的儿子印象如何，卜卜才醒悟过来，原来自己“被相亲”了一回。

卜卜的不喜欢上司的儿子。背地里，她的一些大姐同事们谈起她就说：傻，人家领导家里条件这么好，她也看不上，也不知道她在想什么！其实，卜卜也没想太多，她就是不喜欢那个人，她不可能为了住上别墅就去和自己不喜欢的人结婚吧，何况，老家还有她青梅竹马的男朋友呢。

经历这件事以后，卜卜就这样不咸不淡地在单位干着她的小秘书的职业，一干就是五年。与男朋友早已是事实上的小夫妻关系了，但也许两地分居，一直都没有怀孕，她与男友约定，只要一怀孕，他们马上登记结婚。

工作七年后，春节回老家过完春节黄金周假期，卜卜像往常一样回广州工作，一个月后，卜卜发现自己竟然怀孕了，高兴得她马上打电话告诉男朋友。他们终于因为有了孩子而正式结婚。被巨大的喜悦冲昏头脑的卜卜也没对将来想太多，她的人生哲学是过一天算一天。等到孩子出生，休完几个月产假之后，卜卜就面临如何处理带孩子与工作的关系了，丈夫在家是独生子，父母身体也不好，需要照顾，不能随他到广州工作和生活。卜卜也不想放弃大城市的生活，哺乳期间孩子不能离开娘，又要上班，无奈，卜卜只能带上女儿和自己身体不好的老妈，再雇了一个保姆，回到广州，在公司附近租了个小单间凑合着住下来。

由于老公不在身边，卜卜要应付工作，下班后又要带女儿，还要与不听话的保姆周旋，母亲时常身体不舒服，女儿一有个发烧感冒，卜卜也只能独自处理，这样生活了半年，让她感觉心力交瘁。

最后，她再也受不了了，一线城市，国企的光环再亮，也挡不住夫妻长期两地分居的痛楚，她最终还是在家乡找了一家国有保险公司，收入不差，最重要的是一家人可以团聚在一起，有困难可以共同担当。

关关

关关毕业后在广州一家国有银行工作，感觉工作压力太大，各种各样的考核任务与奖金直接挂钩，经常因为完成不了任务被扣奖金。同时，在偌大一个城市，找不到合适的男朋友也让她倍受打击。最后，在家人帮助下，她回到了老家的一间银行工作，和爸爸妈妈在一起，感觉很温暖。

胡可

胡可是一个男孩子，毕业后在广州一家企业工作，是个业务员，工资不高，整天要加班，经常累得像条狗。家里母亲身体不好，整天叨念着要他回家。做了几年后，母亲的身体越来越差，他便找了个机会，考回了老家县城当公务员，这样也能尽孝心照顾老妈了。

以前总以为，一线大城市有梦想，有好工作，可以创造美好生活。但当有一天，你发现梦想只剩下苟且，而远方又有亲人牵挂时，退而转身，回归宁静，虽然也许平淡，却也不失诗意和温馨。

也默默祝福那些仍然在一线大城市挣扎着、坚守着的年轻人。无论如何选择，不要失去希望，因为梦想是心中的一盏明灯。

你明知道蜷缩在床上感觉更温暖，但还是一早就起床；你明知道什么都不做比较轻松，但依旧选择追逐梦想；你明知道开始这段感情会是一路崎岖，但依旧选择坚守。这就是生活，你必须坚持下去。

梦想不是别人给你的，是你发自内心的一种渴望；梦想不是对别人的羡慕，而是对自己的追求；梦想不是为了别人，是为了自己的灵魂。梦想应该是自己很想做的一件事情，认真地去做了，然后体会其中得快乐。

没有不能完成的梦想，只有还没有开始的放弃

哪怕很久之后，我在未来过着和今天的白日梦完全不着边际的生活，也不会放弃这样的梦想，不会放弃做这样的女子。因为我知道，只要我不放弃，梦想便不曾远离。

现实中的女孩们喜欢美剧《Gossip Girl》，如同奥黛丽·赫本的电影，蒂凡尼门外，总有一个女孩抱着自己的早餐凝视橱窗玻璃另一边的珠宝。

文艺些的文字，会把女孩比作正在绽放的花朵。然，每一朵花都有憧憬专属自己阳光的梦。

孙燕姿的歌，《完美的一天》第一句歌词："我要一所大房子，有很大的落地窗户。"如果房子没有足够大，一定要有一个房间来安放自己喜爱的书，放置在自己亲自设计墙壁书橱上。当然，书房里不能缺少绿色的盆栽。我要让房间里植物的颜色与清新，和纸质书的味道永远成为洗去主人在外颠沛的满身风雨尘土的灵药。

如果没有很大的落地窗子，有一个可以沐浴阳光的阳台也足够。阳台的一角摆着古木的画架，画架下方堆着各种染料和画画工具，不再做乖乖

学生听从老师的吩咐照猫画虎。系着自己喜爱的漂亮大地色围裙，画眼里的风景和心间的思绪。哪怕随意的泼上染料，然后撕掉画纸再换一张任由自己胡乱涂鸦。

如果可以，再奢侈的赏赐我一个小院子。我不要种浪漫精致却娇弱的名贵花朵，譬如荷兰郁金香、法国薰衣草。我要种向日葵，不拘泥不做作的向上生长，努力盛开并绽放阳光的颜色，湛蓝的秋空下结着沉甸甸的果实低头凝望土地。我可以摘下葵瓜子的花盘，一些送给朋友，一些留给自己。我可以捧着一本小说在院子里自制的秋千上，或者穿着睡衣趴在卧室的床上看电视，吃着自家种的毛嗑——无论以后定居在哪里，我都不会忘记，在我出生的地方，称呼“葵瓜子”为“毛嗑”。

哦对了，或许，还可以种一些辣椒、黄瓜、茄子、西红柿……

我拒绝以垃圾食品果腹，我会喂自己精致的早餐，足量的午餐和一果一酸奶的晚餐。我拒绝买跟风的服饰或者用血拼的方式来宣泄情绪，我会在缺少衣服时认真的为自己挑选一件真心喜欢的，或者每月拿了工资，偶尔赚了外快时，奖励自己一件小小的奢侈品。

我再不会像小时候那样轻易地去养小动物，尤其是鱼，我不忍看它们不自由。但我想，我会和偶尔串门的小猫小狗相处得很好。

我也会学习几样学生时代没有机会接触的东西，一国语言、一种舞蹈、一样乐器……我要我的生命里，很长的一段时间，都背着书包做一个学生，而且是一名好学生。

我可能每天起得比太阳早，然后出去游泳或者爬山；我可能懒睡到日出三竿，睁开眼睛对发怒的太阳微笑。不过只要一旦起床，便开始认真的生活，绝不懒散拖沓。

未来，我可能在某个出版社或者网站做一名文编，工作量不少甚至偶尔加班。但和文字打交道，我可以做得游刃有余。再累，不觉得痛苦。

未来，我可能在某个高等学府当一名老师，空闲之余上网码字，写几段文艺范儿十足的散诗，续几段发在网站上的长篇连载，对读者的鲜花或者鸡蛋认真地做出回复。寒暑假期去探访亲友，再为自己安排一次或长或短的旅游。

未来，如果我足够幸运，我更希望上天砸给我一个馅饼，一不小心成为SOHO族的一员。找一个舒服的地方，做几个平面设计，拍几张照片，写几分稿子，享受着真心喜欢的东西带来精神上的欢愉和物质上的满足。

我不要天天黏在一起的闺蜜，但我希望无论多久，她们打来电话一如从前无所拘束，和她们出去逛街游玩总能跟上彼此的步调。是的，还有很多事情，和我的“他”去做更美好。

我想和他在一起，叫上我的或者他的朋友，在家乡的大排档里吃肉串，无拘束的大声说话欢笑，陪他喝一瓶啤酒。和他沿着马路在深夜一路走下去，天南海北的聊天，时而认真争论，时而轻松调侃。然后坐在野外草地的帐篷外，仰望星空璀璨想起很久前那个笑话：“看到满天繁星你会想到什么？”“我想到宇宙何其浩渺，我们人类只是微不足道的小卒……”“笨蛋，你应该想到我们的帐篷被人偷了！”

不止，远不止这些，还有很多很多匪夷所思的地方和从未经历的疯狂的事情要去和他去做……和他一同惊艳了年华。

我愿和他在一起，参与彼此的生活。一些事情，一个人做节奏自由，而我也想体会两个人更美妙的旋律，哪怕是打开一同携手酿造的野葡萄酒时，对视间沉湎在彼此眼中的醉意，温润着有涯的岁月。

网络上流传着这样的一篇文章，感动过我，《哪怕我变成庸俗的女子……也不能忘记》。

“我的梦想，不能忘，怕是多年以后，我变成一个在菜市场上和人斤斤计较的庸俗女子，万般可悲，我也不能忘，我有过这样的梦想。生活再艰难，世界再万恶，我们也要充满希望。”贪婪如我，我不甘心这些梦想最终的归宿仅在心中，念念不忘。

哪怕很久之后，我在未来里过着和今天的白日梦完全不着边际的生活，也不会放弃这样的梦想，不会放弃做这样的女子。因为我知道，只要我不放弃，梦想便不曾远离。

既然选择阳光的方向，便要努力生长。

现在的我，如饥似渴地读着书本上的行行铅字，也不放过任何想要学习的东西，哪怕是记住一片秋叶落下时惊鸿一舞的姿态。

现在的我，认真地感受着现时世界的冷暖。戴着耳麦手里捧着一个水果时，嘴角也可以绽开一朵温暖的笑。哪怕偶尔疲惫，情绪低落，仍要在众人面前打起精神，把最灿烂的一面尽力地留给别人，从心底做一个温暖的人。

向日葵，想在未来与阳光共生共死，从做种子时便要心向阳光，枝叶不拘小节地向空气伸展，茎秆自我磨砺出坚硬来支撑秋天里沉甸甸的收获，根须深扎土地来汲取久旱后的甘露。

她知道，只有不断地努力，不断地追求，才有资格在四季盛开出绚烂，才配得上仰视的温暖光芒。

向日葵不放弃阳光一日，我便不放弃梦想。

太多梦想成为瞎想，太多梦想成为乱想，太多梦想只定格在梦想。当然，或许只是还未为此付出过代价，或许当代价付尽时，梦想才会猥琐的像朵花儿般矫情矜持的绽放。最后两个月了，你不逼自己一把永远不知道自己多优秀！

人生最痛苦的事，莫过于不断努力而梦想永远无法实现。令人欣慰的是，我听见时间长廊另一端有个声音："也许今天无法实现，明天也不能。重要的是，它在你心里。重要的是，你一直在努力。"

梦想并非遥不可及，只要你在努力

1

下班回家的路上，收到闺蜜发来的多张照片，照片里，她戴着鸭舌帽，一身小牛仔装备，黑发披肩，细眉粉颊芙蓉面，红唇万种风情。我刷刷刷回复几个花痴的表情过去，连连赞她，小妮子真是越来越美了。

我闺蜜最近在坚持减肥和健身，原因是几个月前的一次体检，医生说亚健康，体检报告里出现了一些小问题，接着，她连续吃了两个月的中药。吃药让她苦不堪言，本就是娇气任性的小女子，一时间不免有些心灰意懒，便自行中断了疗程。

我当初劝她，良药苦口，这个时候不能逞强，虽不是什么大问题，谨遵医嘱也还是好的。她说，整天吃药病恹恹的，实在没什么意思，干脆不吃了，但也没有放弃自己，中医从根本上调理身体，那她也从根本上自我治疗。

她认为原因出在缺乏锻炼，作息不规律，以及压力，于是先从加强运动开始。

早晨六点多就起床了，去小区里跑跑步，中午会跟同事一块儿在会议室跳跳郑多燕，晚上少吃或者不吃，日常用餐也从以前"爱吃的东西绝不放过”的理念，转变为“健康营养合理搭配膳食”。

更难得的是，她强制自己调整了作息时间，从前熬夜到凌晨两三点，明明没有什么重要的事情，宁愿看剧刷朋友圈玩游戏也不睡，一直熬着，熬到实在顶不住，才抱着手机睡去。自从开始跑步以后，由于要早起，惊觉睡眠不够，于是勒令自己晚11点之前必须关机，为了避免自己无法身体力行，她的手机每天只充一次电，电没了，自然也就没办法玩啊玩了。

这个方法有效，起码初期她还是需要这种硬性的规定，让自己逐渐养成习惯，她说，熬夜确实是个慢性杀手，让她的皮肤苍老了好几岁，如今不熬夜，时间用来捯饬脸，皮肤也变得乖起来，氧气充足多了。

我又重新看了下她发来的照片，阳光明媚，无风，有晴，她坐在台阶上，浅笑嫣然，在我看来，如此美好。

我笑她，看来还是病能治人，这目标呀，不是做不到，而是看你有没有决心去做。

她回我，原来好习惯确实让人神清气爽，然后走得更舒畅。

而且，也许会走得更远。

2

忽然想起曾看到过的一个帖子。

一个女生分享了自己的一些减肥健身心得，然后好多读者留言说自己也想瘦，可最终因为管不住嘴，迈不动腿，舍不得躺在床上刷手机的舒适，而使得体重有增无减；还有的询问有没有什么速成的办法，更有甚者说是不是整容抽脂运用高科技了，不然怎么这么完美。

女生回复说，她的减肥之路历经数年，运动健身也是连日保持，从未停歇，才有了如今的回报和成果，那些口口声声嚷着要瘦要美却没有行动过的人，凭什么说这些来讽刺别人？凭什么认为是假的，你做不到，不等于别人做不到。

人的思想里总是存有自私的偏见，自己做不到的事情，有时候，会以为别人也不行，可是她做到了，这应该是一种鼓励和信念，而非你自以为是的谬论。

你从没有早起过，就说黎明一点都不美，初升的旭日赶不上夕阳的光辉，这是不全面的；同样的，你从未努力过，就说梦想是永远也到不了的远方，那梦想注定将你遗落在最深的山谷里，永生不见天日。

3

开始写文章之后，机缘巧合认识了一位前辈。

他已经出过了好几本书，其中有两本被知名导演买了影视版权，剧本正在筹划中，我称赞他如此高产又高水准，是不是写作天赋使然。

他说，他高中就开始写作了。你无法想象，想要实现梦想的人浑身会充满着多大的力量，必修课程之外，他博览群书，不停地做笔记，他写长篇小说，古装的都市的，他写书评，文言文的白话文的。

他说，晚上打着手电筒看书，早晨比其他同学早起一两个小时到教室里写文，他需要安静的一个人的时刻，也需要在不影响正常学业的情况下维持自己的爱好。

那是一种怎样的坚持？寒冬酷暑，从未中断，因着梦想成为一个作家，因着年少的心从那个时候就明白天赋不能带来的东西，努力或许可以改变，何况，他还有一些天赋作为额外的筹码。

他后来轻松就可以写出一本二十几万字的小说，大概，就是这些年对原始知识做了大量的储备和积累，对这个领域付出了颇多的心血和研究。

4

前阵子陪秦先生去参加一个朋友组的局，认识了一个女强人，慧姐。我们当时吃饭所在的酒楼，就是在她名下，而她名下的餐厅，何止这一家。说它酒楼，实在是因为装修风格偏古风，身在其中，觉得每一处细微的地方都雅致非凡。

与慧姐聊得投缘，得知她早年是做厨师出身，那会儿，女人做厨师，还不算是很普遍，尽管我觉得现在也不算很普遍，她还是进了这个行业。

她说，做饭，是她的爱好。

在这之前，每逢单位聚餐，家庭聚会，她都能用最快的速度做出一桌盛宴，每次至少六个菜，盘盘精致可口，这是她的成就感。

她说，她当年有一项至今提起来都引以为傲的成绩，那就是一分钟可以包24个饺子，不是馄饨，不是速冻水饺的样子，是最原始版的水饺，褶子很多的漂亮水饺，她的这个成绩在当时整个区都很出名。

我问慧姐，这个是怎么练出来的。她说，小时候家里穷，吃饺子是一种奢侈，这便成了她心中的一种信仰，仿佛能吃到饺子就是才是好日子的开始。

后来条件渐渐好了起来，她做好各种馅料自己包，再后来，开了饭店，信仰又成了工作需要，饭店的资金和地方都有限，她请不起帮工，只能自己加快速度，节省时间，这样，才能多挣一份钱。

饭店打烊之后，她就在厨房里包第二天要用的饺子，冬天的晚上，只有煤球炉子陪着她，她舍不得浪费煤球给自己取暖，便迎着满室的寒冷，不断地挖馅，擀皮，包拢，一个一个精致的饺子在盖帘上排排摆好，摆成她无尽的希望。

她的手指因为长期劳累，得了腱鞘炎。她说起来一身轻松，脸上挂着知足的微笑，我脑海里却呈现她当年忙碌的身影，我想，成功会属于这种人，坚持、努力、不怕苦累，一门心思地想要改变自身现状，为了她心中的信仰。成功不会属于眼高手低的人，懒于改变，懒于起床，冬天怕冷，夏天怕热，春天干燥，秋天有风，一年四季都不适合干活儿，只有被窝是良伴。

成功不会属于只想不做的人，脑中念了千百遍，第二天仍旧放不下能多一会儿是一会儿的睡眠，然后那些关于梦想的念头，就真的像是只在梦里出现过一样，甩甩头，一切也就罢了。

5

在各种段子弥漫的今天，类似“你每天那么努力，也并没有很优秀”“没有梦想是咸鱼，有梦想顶多是一条有梦想的咸鱼”“丑小鸭变成白天鹅不是因为它努力，而是它的父母是白天鹅”之类的自嘲文风各种盛行，这样的话，你听听就好，不要太往心里去。哪怕它是真的，你就要放弃了吗？你就要不去努力放弃自己想要的东西了吗？你就要安慰自己没有拼爹的命，就只好认命了吗？

自嘲是一件幽默而有自知之明的事情，可生活不是一辈子活在自嘲之中，它还需要你一往无前的勇气。

你说梦想遥不可及，可是你从不早起，你觉得成功都是属于别人的，因为你从未努力。

早一点出发，总是好的，早一点为自己想要的东西而努力，总是带着先见之明的，努力不一定有回报，不努力，就一定不会有回报。

不然，你也早起试试吧，说不定，你的梦想能够离你越来越近，说不定，你会提前得到自己想要的东西。

喜欢跑步的人很多，但天天跑步的人不多；拥有梦想的人很多，但坚持一个梦想的人不多；喜欢学习的人很多，但天天学习的人不多。现实生活中，每个人的思想都很丰富，但是能够持之以恒地坚持做一件事情的人并不多。所以，有人成功，有人失败，有人笑，有人哭，关键看你是否能坚持下去。

如果你有才华，就去追求大梦想；如果你觉得能力有限，才华不够支撑起你的野心，那就安静下来，扎进小的失败和挫折中，汲取营养。如果不能成为豹子，那就成为高贵的梅花鹿。请记得：如果需要反省，一定不是在梦想上下功夫，徘徊不定，而是要在才华上卧薪尝胆，反思它为什么不能日渐丰满。

全力以赴你的梦想，世界都会为你让步

朋友送了我一本《牧羊少年奇幻之旅》，她在扉页上抄写书中的一句话：“当你全心全意梦想着什么的时候，整个宇宙都会协同起来，助你实现自己的心愿。”

深有所感。其实这个世界上存在很多不可思议，不过奇妙的事情不常常发生，不然就太没劲了。

梦想实现的前提是，你想去做，无关强迫，无关刻意，甚至要带着点虔诚，真真实实地出自内心。

在过去的很长一段时间里，我对自己感到失望，因为一直以来都活得太“乖”了，换句话说，就像《七月与安生》里的七月站在学校各种社团的招新海报前忽然变得无所适从：“我忽然发现，自己是个很没趣的人。”

初中的时候，每日学校和家两点一线，没有太多课余活动，没有太多兴趣爱好，同班同学叫我去露营，我觉得晚就拒绝，大家叫我去吃饭，我觉得人多太吵也拒绝，有男同学偷偷塞情书，我面无表情地撕个粉碎。

听到别人讲笑话时会笑得很开心，但是我永远是坐在一边傻笑的那个，轮到我讲笑话的时候，空气都变得冷起来，拼命想让看起来滑稽一些，却习惯性地端着掖着，怎么都和幽默无关。

作风过于主流和乖巧，反而失去了一个豆蔻年华女孩子应有的生动和不安。

如今的我好像不是这样子的，至少别人是这样说的。每当听到有人评价“和你在一起好有趣”或者“你好有意思哦”，听到这些的时候，会感动，在内心偷笑。虽然仍然说不上幽默，至少，我慢慢从过去的自己脱离出来。这些棱角与温润，都是自己帮自己打磨上色。

学校里常常有文艺演出，每次看到那些弹唱的同学专注的身影，手指灵活地在弦上翻飞，心中除了陶醉，还会止不住的羡慕。我曾经在半夜哭着问妈妈，为什么小时候不让我学一门乐器，这样我现在就可以多一项技能了。

妈妈说：“你那时候上课已经很累了。”让我无言以对。

我爸是英语翻译，按道理说从小应该就有双语环境，但在我的记忆中，他很少和我说英文。我上小学和初中那几年，是他工作最忙的时候，有时候忙到碰不着面，需要家长签字的时候，就把作业放在桌上，我睡了，他很晚回来给我签好字，第二天早上他走了，我把签好字的作业收进书包里。

小学六年级时的一堂英文课，老师让我们即兴用英文说一下自己周末做了些什么。我眼神飘忽，低着头，却还是倒霉地被点了起来。支支吾吾了半天，头脑一片空白，站了几分钟吧，最后结结巴巴地挤出了一句话。

老师的一句：“你下去吧。”让我的自尊心粉碎。

很长一段时间里，我把自己的无趣，没有出众的技能，怪罪到我的家庭上，埋怨父母没有为我的人生安排翔实的计划，就那么让我自己自顾自待着，一不小心就长到这么大了。

因为咽不下那口气，初中的某个假期，厚着脸皮跑到桂林中心广场的英语角。桂林是个旅游城市，也常常有很多外国人选择在这里居住养老，于是每周五晚上都会有很多老外在那里喝啤酒聊天，自发组成了相互交流的English。我和很多高中的哥哥姐姐一样，和那些带着各种口音的老外交朋友。

就是在人堆里结结巴巴，把脸丢完了，然后慢慢进步，把自信又捡了回来。

如今有人问我你口语怎么练的啊？我会冠冕堂皇地说很多网上学来的科学方法，宁愿隐去这一段想起来唏嘘不已的负气时光。

很多东西，先决条件很重要，但是更重要的是后天自己给自己创造的条件。你现在的样子，从很大程度上来说，是过去的自己塑造出来的。

前段时间看到一个观点："你要学会为自己的未来花点钱。"在你能够赚钱的基础上，每个月抽出5%用于投资你的未来，虽然看起来没有多少钱，但你永远都预料不到，那点投入能给你带来多大的回报。

对于这些年轻的学生来说，每个月若只能剩下100块，该怎么投资自己的未来？

举几个例子吧：

如果你觉得自己在审美上有欠缺，怎么打扮还是很土，那么就每月订阅几本服装杂志学习一下常规配色和服装搭配，学习一下化妆和基本礼仪。一年下来，至少会让你在买衣服这件事上少走很多弯路，在外貌上焕然一新。

如果你觉得自己头脑很空，出口无章，那就去给自己办一张借书卡或者每个月给自己买几本书吧，认真读，仔细分析并有文字产出，并积极与人分享所得。一年下来，你的眼界会比之前宽广不少。

如果在十几岁时，我们是什么样的人在很大程度上受着家庭的影响，那么到了二十几岁，能决定我们变成什么样的那个人，是我们自己。

有的人攒了很久的钱买一把死贵的吉他，天天没命地练，别人说你干吗买那么贵的，就你这样还想做文艺青年。等到那天他站上展现一场完美表演的时候，那些质疑的人都会闭嘴的。

我特别喜欢的财经作家吴晓波老师在一封写给女儿的信里写：“喜欢，是一切付出的前提。只有真心地喜欢了，你才会去投入，才不会抱怨这些投入，无论是时间、精力还是感情。”

“在这个世界上，不是每个国家、每个时代、每个家庭的年轻人都有权利去追求自己所喜欢的未来。所以，如果你侥幸可以，请千万不要错过。”

高三的时候，因为做电台的事情和我爸吵过一架。那个时候片刻网同意让我做主播，可我爸坚决投了反对票，他觉得我就是小打小闹，没有什么比高考更重要。

现在，我照样做着我喜欢的电台节目，爸爸会准时守着听我的节目，他感慨，我从没想到我的女儿会成为这样的人。我笑，我会比你期待的活得更好。因为我开始按自己的方式活了。

常常有人提到蔡康永的那段话：15岁觉得学游泳难，放弃学游泳，到了18岁遇到一个你喜欢的人约你去游泳，你只好说“我不会耶。”。

18岁觉得学英文很难，放弃学英文，28岁出现了一个很棒但要会英文的工作，你只好说“我不会耶。”。

人生前期越嫌麻烦，越懒得学，后来就越可能错过让你心动的人和事，错过风景。

天赋这件事情，本身就因人而异，从不会有绝对的公平，出身贫穷或富贵，也都不是我们可以选择的，可是每个人都有追求梦想的平等的权利，到了二十多岁，是可以给自己创造机会去改变现状的。

真心想做一件事情的时候，再大的困难也可以克服，不想做一件事情的时候，再小的阻碍也成了理由。不要光顾着羡慕，却无动于衷。

高中的时候，常常对于未来满怀憧憬，毕业留言里也爱写“愿你成为想成为的人。”之类矫情又鸡汤的话。

那个时候只是简单的说说而已，如今已经到了一个可以重新塑造自己的年纪，和过去说拜拜的年纪，我知道你们的内心都有着一个展翅欲飞的，隐隐而动的自己，他就藏在你的身体里，需要你打破这副躯壳，才能翩跹自由。

要记得，成为想成为的人，不要只是说说而已。

我们总以为时间还很多，生命还很长，今天没有机会做的事情，明天还可以继续，今天无法完成的梦想，明天或许有机会去实现，今天禁锢着的心，总有一天会绽放。如果我们可以想得少一点，如果我们想到什么就去尝试一下，或许人生不会因此而变得格外圆满，但至少能够少一点点遗憾……

这些年，我已逐渐学会接受，接受意外，接受变节，接受误解，接受努力了却得不到回报，接受世界的残忍和人性的残缺。但这不代表我妥协，我还会去努力，去爱，去为遥不可及的一切付出心血。不患得患失，不怕翻脸，不惯着任何人，亦不做亏心事。朝着这个目标前行。因为，我还相信梦想，相信奇迹。

为实现你的理想做好充分的准备

有次我招实习生，一个体校在读的女生来面试。她学的专业不是很对口，但简历末尾特意加了一段话："我真的很喜欢你们的品牌，也为之付出了许多时间和努力去研究探索，请给我一个表达的机会。"因为言辞很恳切，所以我给了她一个表达的机会。

面试进行得很顺利，快结束的时候，我想验证下她简历里说过的话，于是故意提了几个超出实习生考核标准的问题让她回答。结果，她对我们公司的业务和品牌非常了解，侃侃而谈，对答如流。虽然有些地方张冠李戴了，但可以看出来真的费了不少心思去收集信息和做准备。

我很犹豫，因为她看上去很有潜力，可她又确实缺乏相关的经验。"你的资质不错，可你真的缺少经验。"

她说："您给我一个机会，我保证在最短时间内满足公司对一个实习生提出的最高标准。"

我说："说实话我很缺人，所以我希望每一个人，都是坐在座位第一天就能立刻上手干活的。"

她毫不犹豫地说："我肯定可以。"

我笑了笑，她立刻说："我真的可以。您看，我大二就考过了英语四级，可是高中我学的是俄文，英语完全是进了大学后自己狂补上来的。"

最后，我当然给了她这个实习的岗位，因为从头到尾她表现出来的那种恳切的心情，比其他任何客观条件都更能打动我。虽然在同一批候选人里，她各方面的素质只能算中等，但她用每一个细节来说服我，她比其他任何一个人都更需要得到这个机会，一旦给了她，她就会用全力抓住，并努力使自己与之相匹配。

事实上，她在接下来三个月的实习期里的表现，远远高出了我的预期——本来其他人都是在用平常心态做实习的工作，只有她给人的感觉是在"拼命做"。

出实习证明的时候，她问我："等我毕业了，再来申请你这里的正式岗位，会不会比别人更有优势？"我回答她："当然会了！"而我心里想的实际上是：有了这份实习得到的经验和技能，等你毕业后，完全可以拿到更好的机会了！

还有一次，老同学让我帮她的一个师妹准备一个面试。之所以找到我，是因为师妹申请的岗位，恰巧就是我曾经做过的岗位。这位师妹专程跑来找我，我们实际演练了一次，又通了两次漫长的电话，反复推敲一些细节说辞和可能出现的状况。

我妈看到很奇怪地问："你不是不爱管这些闲事吗？上次让你帮刘阿姨的女儿，你怎么两句话就把人打发走了？"

我无奈地回答道："刘阿姨的女儿太懒了，简历上还有错别字就发过来了，然后指望着我帮她改好了递进去。"

发一个基础版的简历就指望我去帮她修改？那怎么可能。

我们每个人在实际生活中，都不免有求于人，也不免被别人求助。而绝大部分人，其实也并不讨厌提供帮助，有时候我们拒绝，只是因为厌恶那种"自己不做任何努力、就希图只靠关系不劳而获"的人。

当你希望对方给你一个机会的时候，你往往要先向对方投递一个“你为什么要帮助我”的讯号。这个讯号，不是靠词语堆砌成的，它应该是你为之付出的时间、努力和既有成果的总和。机会的大门，不能空手叩响，你需要手里端着一些东西，在叩响大门时，给从门缝中窥视的守门人看。

最后，我想讲一个真实的故事。一个朋友非常想进一家游戏公司，他留学时申请的专业，就是比照着那家游戏公司的一个岗位去申请的。可在读硕士期间，他先后申请了那家公司三次都被拒绝了。但他真心很喜欢那家公司，所以一直在密切地跟踪公司的动态，关注整个行业的新闻，关注了某些部门负责人的社交账号；同时大量阅读，给自己填塞进各种可能用到的专业知识……

有次，一个同学告诉他，在另一个城市要举办一个行业大会，网站上标明了这家游戏公司的一位高管会作为主会场的嘉宾。他立刻就报名交钱去了，果然在会议间隙，和这位高管搭讪成功，并相谈甚欢。

然后，当他拿着自己的作品集和其他精心准备的材料，满怀希望却也有些冒失地问对方：“我可以去你们公司工作吗？”对方很吃惊，回答道：“不好意思，我是来参会的，如果你想申请任何职位，请走正常招聘流程。”

几周后，他突然接到了一个面试通知，是一家无名小公司发来的。他觉得公司名字有些眼熟，迅速查了一下，发现原先那家游戏公司的两位高管同时离职，创办了自己的公司。

他犹豫了一下，毕竟这不是他最想要的机会，但又觉得聊胜于无，于是过去面试。公司虽然小，但面试并不轻松。等他过五关、斩六将，和当时有过一面之缘的老板谈过，真正拿到offer的时候，已经爱上了这家小型公司，并且觉得这可能才是更适合自己的机会。在这家小公司里，他遇到了后来的合伙人，并在一个项目上又遇到了未来的投资人。

几年后，他回国创立了自己的公司，这是他在当年想都不曾想到过的事情，可命运和机遇却一步一个脚印地把他推上了今天这个位置。回头看，如果不是进了那个小公司，他就会与今天的事业伙伴失之交臂；如果当年没有心心念念地努力争取那些机会，那么就认识不了带他入行的那位老板。

这个世界上仿佛有这样一种不成文的规矩：如果你很想很想达成一个目标，足够渴望并做好一切准备的时候，老天会替你完成剩余的部分。尽管在此前，可能你已经觉得无路可进了，到头来，机会还是会来，虽然和你最初设想的样子可能大相径庭。

到达目的地的航线，往往不会是我们在地图上凭空画出的那条线路。可在足够渴望和迂回的努力路线中，我们最终会有所斩获。

永远不要让别人对你说，你不能做一件事，哪怕是自己也不可以。假如你有梦想，你就有责任去捍卫它。别人不能做一件事，他就想告诉你你也不可以。你想得到一样东西，你要踏前一步，实现它。

绝大多数人，在绝大多数时候，都只能靠自己。没什么背景，没遇到什么贵人，也没读什么好学校，这些都不碍事。关键是，你决心要走哪条路，想成为什么样的人，准备怎样对自己的懒惰下手。向前走，相信梦想并坚持。只有这样，你才有机会自我证明，找到你想要的尊敬。

用行动将契机转为机遇

人们总是期盼机遇。有的人陷入辛德瑞拉般地幻想中期待机遇砸中自己，有的人做好一切准备，认为机遇一定会到来。不过我的想法稍有不同，尽管许多人将机遇视为积极正面的一种，而我认为机遇既非消极，也非积极，它只是一个开始。

每个瞬间都有不同的状况发生，面对这些状况，我们都要做出选择，这就是生活。不论这些瞬间幸福与否，它本身就是一种契机，如何诠释这种契机，将决定它会成为机遇，还是不愉快的回忆。而诠释契机，主要由我们自身的状态来决定。

即所有契机能否成为机遇，取决于准备好的我们如何去诠释它。

如果当时没有认同接受自我，我身上发生的两件事一定会成为不愉快的回忆。这两件事都与听课有关，虽然事件的开始不太愉快，但最后都变成了我的机遇。

第一件事与在线学习课程有关。当时还没找到人生方向的我逞强好胜，制定了每周三天的课程表。我们专业的课程一般为每周四天，周五、六、日或者周六、日、周一休息。不过好胜的我试图把课程压缩到两天。

当然考虑到学分，这是不可能实现的，因此我制定了包括两节在线学习课程在内的三天课程表。选择这两节在线学习课程，只是为了符合我的课程表，实际上我对这门课程完全不感兴趣。这门在线学习课程的名字是“欧洲人的生活与文化”。大约有四百多名学生选择了这门课，因为是在线课程，所以老师与学生互相看不到对方。

事情就发生在这门课上。有一次我提交网上作业时，将“教授”写成了“教授者”。教授看到后，认为这是朝鲜话，不能这样写，批示让我下次别这么用，并给我的作业打了最低分。

因为用了“教授者”一词就得了最低分，这让我难以接受。《斗山百科辞典》中就有“教授者”一词，那么《斗山百科辞典》是朝鲜出版的吗？而且在称呼职业时，我们一般不会在医生、律师后面加敬语，而是直接称呼医生、律师。教授也是一种职业的代称，因此可以直接说“教授”或者“教授者”，不必在其后加敬语。在韩国，一定要在后面加敬语的只有“师父”一词而已。我将这些内容发到了学校论坛，由此引发了我和授课教授的一场网络大战。

他回复道：“像你这样目中无人的学生我从未见过。”

怒火中烧的我在网上公开反击了他。说实话，这是我年轻时发生的事情，我承认当时的我很不成熟。但至今我不认为我的想法有错误。

“那是因为您之前没看到什么像样的呢！就让我展示给您看吧，希望您的评分能够客观。”

回复后我一直在后悔，毕竟这门课有2分的学分，和教授的关系变僵势必会影响学分。不过，前不久我已经意识并承认真正的自我就是即使树敌无数也要畅所欲言，所以我认为这样的举动更像自己。

与之相比，更重要的是之后的行动。我认为维持自我所需要的基本是“能力”。没有能力，只会是以卵击石，被人嘲笑。我决心在这门课上一定要实践我所说的话。能力将决定我所说的话到底是自信还是自负。之后的我也一直用能力来定义自信与自负。

区分自信与自负的不是态度，而是能力。

我一改对这门课漫不经心的态度，开始认真地听讲，对每周布置的作业慎重对待。后来发生的事情我至今记忆犹新，教授让提交最后一次作业，要求我们在所学内容中选择一个进行深度剖析，以报告的形式交给他，字数为A4纸5页以上。别的学生都大概写了5~10页左右的作业，而我写了85页的word文档，以及147页的PPT演讲文。而且，我没有通过电脑搜集相关资料，而是通过查阅论文、专业书籍，以及直接找到教授询问后搜集到的资料。

在马不停蹄忙了一周后，我终于在截止日期前提交了作业。在网上看到我提交的作业，许多人回复道："这是赌上了人生啊。""谢谢你这么晚交作业，如果事先看到这个，估计我们都交不了作业了。"

这门课结束后，教授在留言板上写了这样一行字："你在410名学生中得了第一名。祝贺你，希望日后你也能保持这份热情。"

这件事情看似微不足道，但对我来说非常重要，它变成了一种机遇。因为它是我承认自我后发生的第一件事。

这件事以后，我变得更加自信，"要铭记现在的态度，以后像我，像诸葛铉烈一样生活"。

正如前文所说，机遇并不是"天降之喜"，而是把"做好准备的人遇到的无数契机"进行精雕细琢后的作品。

如果说第一件事情让我意识到信任的可能性，那么第二件事则是我改变人生的分水岭。第二件事情同样发生在课堂上。二十五岁那年，我第一次听专业课。当我的同龄人为毕业就业做准备时，我才开始走进课堂。专业课的名字是"广告策划论"，我们学校广告传播系的教育理念是"培养策划人"。这门课是培养广告策划人最基础的阶段，能帮助学生了解广告策划。

基于这样的目的，这门课的教学计划就是"自主进行品牌广告策划"。这时的我虽然已经认识并接受了自我，但还没确定广告是否是我将来想走的路。

正好我看到某个航空公司的相关资料，于是我决定针对这家航空公司进行广告策划。当时的我对于广告策划的专业知识了解甚少，不过我认为策划是说服他人的工具，而说服这件事任何人都能够做到。我只要找到能让大家产生共鸣的故事，就能策划好一个广告。

经过调查，我发现这家航空公司是韩国首屈一指的航空公司，在世界也颇具竞争力。我认为，这种大公司与品质相比，应该更想宣传其品牌的价值。于是我制作并递交了一份关于航空公司品格魅力的广告策划书。

事情发生在我提交策划书之后。上课时，教授将我的策划书放在大屏幕上进行说明。这是一门有一百四十名学生听讲的课程。在一百四十名学生中，唯独将我的拿出来公开讲解。看着仔细对我的策划书进行讲解的教授，我生出一种想法："难道我是广告天才吗？"等说明完毕，教授问大家这份策划书该打几分。

上课时间学生们最为安静的时候，大概就是听到问题的时候吧。当时可容纳一百四十名学生的大教室一片沉默，过了一会儿有声音打破了沉默。

"这份策划书应该是零分。"

那一瞬间我怀疑自己的耳朵出了问题，也许我把一百分听成了零分？

"这份策划书完全没有涉及STP要素（Segmentation市场细分，Targeting目标市场，Positioning市场定位）。也就是没有目标。而且还能看出，这份策划书对企业SWOT（Strength优势，Weakness劣势，Opportunities机会，threats威胁）的分析不太充分。用波士顿矩阵分析该品牌，可以得知它的业务为奶牛型业务。然而该策划书中完全没有提到要改变业务框架的理论依据。这种称不上是一份策划书。"

这个学生的话给了我三重打击。最先打击到的是我的无知。与策划书打零分相比更可怕的是，无知的我根本无法反击这个学生的观点。我对专业知识的了解少得可怕。

第二个打击的是我的羞耻心。当时我交往的女朋友比我小五岁。正好她那天有时间陪我一起听课。女朋友听到应该打零分的话后，变得惊慌不知所措。身为男人，我觉得非常羞耻。

第三个打击的是我的反抗心理。认为想要保持本心，就要认同真正的自我，为此决心提高能力的我，自尊心被击打得粉碎。就像花儿在绽放前被山风摇曳，被游客践踏般，我还未证明自己，就遭到了否定。当时我对广告的兴趣并不大，但也许是因为女朋友在旁边，也许是打击到了我想炫耀的心理，也许是对曾经不学无术的我感到羞愧，在那一刻我感到无地自容。

如果没有第三个打击，也许这件事以后会成为我酒桌上不愉快的谈资。也许在课后我会找到那名女生，要求她对胡说八道的话道歉，可能我会听到她充满内疚的道歉，也有可能她会理直气壮地反驳我，与我大吵一架。不过我认为能在一百四十名学生面前这么评论另一名学生的人，是不会轻易道歉的。她是后者的可能性更大。所以如果我要求她道歉，会让我变得更加尴尬。

幸好这事发生在我认识并接受自我之后，因此这件事并没有以不愉快的回忆收场，反而成为促使新的变化的导火索。下课后，我对不知所措看向我的女朋友说："等着吧，这学期我一定会超过她。"

以这个狂妄的决心为起点，我开始了新的征程。

这件事情本身没有任何意义，而是我对这件事的态度和观点决定了它的价值。相同的一件事，我的态度与观点不同，带来的结果也不同。庆幸于我认同并接受了自我，这件事才得以成为我人生最大的一次机遇。

世界上唯一可以不劳而获的就是贫穷，唯一可以无中生有的是梦想。没有哪件事，不动手就可以实现。世界虽然残酷，但只要你愿意走，总会有路；看不到美好，是因为你没有坚持走下去。人生贵在行动，迟疑不决时，不妨先迈出小小一步。前进不必遗憾，若是美好，叫作精彩；若是糟糕，叫作经历！

和什么样的人在一起，你就会有什么样的人生：和勤奋的人在一起，你就不会懒惰；和积极的人在一起，你就不会消沉；和发光的人在一起，慢慢地你也会发光。一定要远离那些充满负能量的人，他们会在不知不觉中偷走你的梦想，使你越来越颓废、越来越平庸。记住：跟着苍蝇会找到厕所，跟着蜜蜂会找到花朵。

做个自带鸡血的理想追求者

1

在我自己的人生中，我渐渐发现，我的好朋友们虽然性格各不同，几乎都有同一个特征，她们既张扬又难搞，放在公司里，一定都是评价两极分化很严重的人。她们既爱花钱，也会赚钱，谁也不能阻挡她们都买买买之路，放在同学里，绝不是老好人类型的。

可我就是能全部搞定她们，而且她们还非常爱我。想了想，大概原因是因为：我就是传说中自带鸡血的人。

比如我的朋友A，她喜欢钱带来的安全感。所以，她很努力花钱，也很会努力赚钱，同时还不时给我们分享（推销）她最近新买的东西。她加班的时候从来没有怨言，对社会也很少有抱怨，因为她没空。

很多人以为像她这样的人，也许是家境不够，或者是天生对物质要求比较高。但我知道，她两种都不是。

A曾经是一个极节俭的姑娘，从来不关注时尚，第一次见她就是t恤牛仔裤球鞋。她的人生目标就是攒钱，然后看着存折上的数字缓缓增长。

她说，她变成现在这样都是拜我所赐。她说要买房，我说好啊，选好了赶紧就买吧。付完首付，说没钱买衣服了，我说卡号给我，我借你一点，房奴更要穿得貌美如花。终于压力小一点了，她说要买车，我说，快买吧！你的人生特别需要一辆车。

她说，她的人生验证了一句话：会花钱，才会赚钱。而我见证了她如何成功变身励志姐，一个没有大学本科学历的姑娘，如何通过自己的努力，三年内在深圳买车买房。

为什么我要鼓励她花钱，因为热爱攒钱让她变成一个对生活很敷衍的人，能省则省，面膜不贴，连洗面奶都懒得用，自诩自己天生丽质。但我知道，她的内心，是一个有极强小宇宙能量的人。

对她这样的姑娘，我觉得治疗她的秘方，就是鼓励她买买买。因为谈情怀，对她来说是画大饼。所以我对她的改造，就是从逛街开始的。

与其说，我在鼓励她花钱，不如说，我在帮她不停给自己寻找努力的理由。

每一个花钱的理由，其实都是一个赚钱的动力。

每一次调升花钱的level，其实都是在提升自己努力的目标。

2

一次，她和我聊天，她好奇地问我：像你这样不那么爱赚钱，居然每天也鸡血满满，你努力奋斗的动机是什么？

我说，一开始，动机来自我想证明自己。后来是因为，这一生，我真心想对这个世界做点什么，我爱这个世界。她说：滚你，又在给我装逼。你明明比我花得更多。

她说的没错。我们之间的差别只是在于，比起大房子、豪车，我更喜欢花钱去旅行，去上课，去和朋友见面。比起奢侈品，我更喜欢买有设计感的品牌，我更喜欢带家人吃一顿大餐。我喜欢花钱来丰富人生的体验，并不想花钱来彰显自己多么有钱。

现实中我也有很多归隐田园的朋友，搬到她们喜欢的城市生活，在城市郊区开一间小小的民宿，或者开一个小小咖啡馆。但是，她们在那之前，都是拼命努力过、拼命奔跑过的人。

她们已积累好了足够的人脉、足够的经验，以及足够笃定的心态，到了一定时候，毅然决定要以自己喜欢的方式去生活。这种放下，是因为理想造就根植于他们心中，从没有真正离开过他们。

不入世，不足以谈出世。

钱是奔跑路上的发动机，理想却是奔跑路上的翅膀。

我理解所有为钱努力的人，但我更欣赏心怀理想去努力的人。

3

人总是要图什么，才能突破懒、突破舒适的。

每个人决心努力赚钱的理由都不同，有的人图的是家人安稳，有的人图的是不再恐慌未来，有的人图的是匹配更好的爱情，有的人图的是比前男友活得更好，有的人图的是证明自己。这都是动机。

没有动机的人，没有爱好的人，往往就会随波逐流，变成一个无用的人。因为她们不知道这一生，懒或者不懒，舒适或者不舒适，会有什么大不同。

昨天看到一位读者的留言，心中甚是感动——你觉得他很辛苦，可对他而言，那或许是一种享受。

前几天我爸跟我说：当初，如果你回去做一份安稳的职业，哪用像现在辛苦。对，我也是到了20几岁，才发现，一直严格要求我的父母，其实对我并没有很高的期望。

所以，我早早就知道——我并不是为了满足父母的期望而活，我是在为我自己努力，这一切的辛苦，我早已习惯，甚至我不能想象，不努力应该怎么活。

说到底，女人和女人之间，命运的走向，真的不来自于智商或者情商，而是来自内心深处，是否真的爱上了那个努力的自己。

你要问我，为什么你总觉得努力的动力不够。

我给你的回答是——因为你努力的动机，就是什么时候不用努力就好。因为你努力的动机，是赶快休息。一个人在20岁就已经开始想什么时候可以不努力、什么时候能休息，人生必然是会被荒废的。

所以，问问自己，每天叫醒你的是什么？

每天叫醒我的，真的是理想。

当你越来越漂亮，自然有人关注你；当你越来越有能力，会有人看得起你。改变自己，才有自信，梦想才会慢慢地实现；懒可以毁掉一个人，勤可以激发一个人。不要等夕阳西下的时候才对自己说：想当初，如果……要是……之类的话；不为别人；只为做一个连自己都羡慕的人。

CHAPTER

02

时光且美

我且在爱

我想最美好的爱情
是我洗完澡你帮我吹干头发
是天气变凉时你披在我身上的外套
是我生日时你给我的每一份惊喜
是你不嫌弃我的体重叫我多吃的唠叨
是清晨你叫我起床夜里你叫我睡觉

毕业后，也不说分手

1

又是一年毕业季，一个刚认识的哥们坐在我们面前，他满头头油，哭花了双眼。他说，四年的感情，说分就分了，她太绝情了。

的确，四年，女生说走就走。他说，姑娘毕业决定离开北京出国读书，不愿异地，觉得长痛不如短痛，很快，就分手了。

男生哭得像泪人，还一边玩着手机，说，我还说陪她坚持异地一段时间，这回好，连异地的机会都没了，你说我不就什么都没有吗？有必要这么现实吗？龙哥，你再给我讲几个毕业季就分手了的例子吧，告诉我，我不是唯一被分手的！

我安慰他说，别怕，我身边好多朋友毕业后都结婚了，而且他们很幸福。

他哭得更狠了，说我伤害了他。

这废物……

2

不过，我说的是实话，我身边很多毕业的情侣，毕业没有分手，反而很快的结婚了。感情这东西，当路不同了，自然就分道扬镳了；高度不同了，自然就各奔东西了。谈了四年，明明知道对方要出国，为什么不早去挽留她，为什么不早去努力和她一起远行，到毕业了才知道难过，真废物。

感情这东西，当交流都无法平等，分手是迟早的事情；强扭的瓜不甜，人不过是趁着毕业季说个分手而已。没有毕业季，也不过是换个噱头，早分晚分罢了。

3

老赵和他老婆结婚六年了，那年，两个生瓜蛋子刚从人大毕业，老赵跟姑娘说：你要不要和我一起留在北京。

姑娘说，你在哪我就在哪。

老赵说，我没户口，没房子，没车，你能跟我吃苦吗？

姑娘说，不能。

老赵说，但我跟你保证，你不会一直跟我住单间，我要让你住上别墅，我会用尽全力奋斗，最多一年，我要让你成为最幸福的女人。

姑娘笑点头，说，好，我等你一年，两个人留在了北京。

这一年，两个人住在一个狭小的单间里，房间里除了床就只有一个桌子，平时姑娘坐在桌子前看书，老赵就靠在床上办公，他说自己就喜欢躺着；这一年，两个人吃了无数次盖饭，有时候姑娘吃鱼香肉丝盖饭，老赵买白米饭，他说自己不喜欢吃太咸的菜；这一年，每到逢年过节，他都先送姑娘去车站，他坐之后一班再走。

我不知道姑娘陪他吃了多少苦，但我能看到姑娘总是笑，这种幸福，和住洋房不一样呀，和开洋车不同。是因为有个男人爱他，仅此而已。

一年后，老赵跳槽，厚积薄发，一个月工资过万，他租了一个一居室，两个人的生活质量发生了改变。

搬进去第一天，姑娘忽然发现，老赵不躺在床上办公了，而是坐在桌子前写文件；老赵也不总吃干饭了，开始点了菜；最大的变化，是每次老赵都和她买同一班火车回家了。

姑娘忽然明白，每次躺在床上办公，只是因为老赵知道姑娘颈椎不好；每次吃大米饭，只是因为老赵要攒钱给姑娘买礼物；每次送姑娘先走，是因为他加班不准备回家，那一年，老赵连春节都没回去。

姑娘想起春节跨年时她打给老赵时，老赵那边空当当环境音，想起老赵笑着跟他说新年快乐，姑娘忽然哭了。

姑娘走到老赵面前，说，老赵，我们结婚吧。

老赵很震惊，说，你说真的假的？

姑娘忽然眼睛红了，说，真的。

4

今天老赵有了自己的公司，我时常去老赵家混饭吃，姑娘总是跟我开玩笑说老赵当年骗了她，说什么：我要让你住上别墅，我会用尽全力奋斗，最多一年，我要让你成为最幸福的女人。

姑娘补充，他说了两个谎。

我说，哪两个？

姑娘说，第一，我没住上别墅，今天都没住上。

我说，第二呢？

姑娘笑着说，他说最多一年能让我成为世界上最幸福的女人，他说谎了，从和他在一起的第一天开始，我就是最幸福的。

老赵在厨房里做饭。

姑娘跟我说，小龙，别跟他说，别到时候他又要上天了。

我看着姑娘笑得很幸福，但谁知道那一年她陪他度过了什么。毕业，她做好了陪他吃苦的准备，她相信着这个男人能帮她遮风挡雨，她清楚地知道，哪怕只有一口吃的，这个男生都会留给她。

最重要的是，她相信他的潜力，愿意陪他一起共建这世界上的美好，愿意陪他颠沛流离。

5

我把这个故事讲给那个毕业刚分手的男孩子，他瞪着我说，假的吧，哪有那么好的爱情故事，然后继续哭哭啼啼地玩着探探。

我起身离开。

心想，那个姑娘，甩得漂亮。

6

我想起老赵，虽然他一无所有，但他从不打游戏，甚至不看电视，他愿意在一无所有的日子里拼命，愿意给他的姑娘看到希望，不愿意让选择他的姑娘后悔自己的选择。他玩儿命地宠着她。

那一刻，他是迷人的。

我也想起那个姑娘，她在最年轻的日子可以选择什么都有的男人，但她选择等他，选择和他共同奋斗，陪他建立一个共同的家，而且毫无保留相信这个男人。她拼命地爱着他。

那一刻，她也是迷人的。

其实，共同进步的感情很美好，互相从无到有地陪伴更能幸福。

所以，愿你们的毕业季，都不分手，都能从一无所有逆袭成功，最重要的是，无论生活多难过，总有个人陪你颠沛流离。

一定会有一天，
我们可以如此幸福，
我愿意守候你一生一世，
执子之手，与子偕老，
永远不离不弃，
我的爱不奢华，但真实。
必要时我愿意为你赴汤蹈火，在所不惜。

慢慢地才知道 真心对一个人好

不一定有回报 很多东西 可遇而不可求

很多东西 一生只能一次拥有 岁月中 忘记不了的就铭记

生命中 坚持不了的就放弃 人生 原本就是一次历练

快乐着就是幸福的 适合自己的就是最好的

来不及对你说我爱你

1

这些天总是病着，自己知道不打紧，但病恹恹的样子连自己都会厌烦。

总是会在梦里惊醒，醒来又忘梦见了什么，可分明泪水还挂在脸上。一连几天都在梦里见到你，我最亲爱的祖母。叫我奇怪的是，祖母的身后还站着他。一个当年疯狂爱着我却又背离我的男子。

那一年我二十二岁，想来是如花的年纪。我很长的时间是跟祖父祖母生活在一起，享受着世上最好的爱，过着最纯粹的生活。

那一年的夏天，不知怎么会遇上他。也不知他怎会对我一见钟情，穷追不舍整整一个盛夏。现在想来，那个夏天的我应该是很幸福的。

他很帅，有些拽拽地出现在我的世界。笑时，如阳光清澈，露出一口雪白的牙齿让人有些许的着迷。

也许是我的不屑与清冷刺激了他，以后他像幽灵般尾随。每次加班很晚时，他都会在街前灯火下，单腿斜骑着单车，等我。

每到这时，周围女同事都会跑下楼跟他打招呼，说我很快会下来。

然后，气喘连连跑回办公室里来，兴奋不已，说：“文子，好帅哦！像齐秦！”

我那时却是不认识他的，也不知他的名字。他也不曾死缠烂打，只是经常跟在我身后，陪我上班，下班，一副死不罢休的模样。

我的冷漠终于在有一天让他爆发，他说，他爱上了我。我不语，想拒绝，却又不舍开口。我说，去见我祖母，她同意，就行。

他果真去见了我祖母，不知怎样的缘分，祖母竟是欢喜的。那一天的黄昏，好像比平常美，那一天的家里，笑声比平常亮。

他叫成，是一个消防军人，不是我以为的无业游民。他是爱我的，在以后的日子里，他常说。我总是后知后觉，亦不会表达自己的情绪。

成休假的日子，我终是忙碌的。忙得没时间去购买自己喜欢的东西。成总会约上他师姐当参谋，给我买粉底，买口红，买好看的花裙子。

我享受着这样的爱情，享受着他的宠溺。总会以为这就是爱情，总会以为这就是天长地久。我喜欢平淡的爱，如细水长流，以为他会陪我把风景一一看透。

要回部队时，我去送行。成以为我会生离死别样哭泣，没想到，我很平静。有时我会也恨自己，为什么不像电视剧里那样一路哭喊追着火车去跑很久。我那时很瘦，人高，腿也长，跑个三五公里路应该是不成问题。

真是该怪自己，也该恨自己。接到成第一封家书时，反复看到落泪。他说那天分离，他一路哭红了眼睛。他说，他不舍分离，如少了魂魄。他说，他是风筝我是线，飞多高总是我说了算。我还是恨自己，当时为什么那么理智，只是回信告诉他，我等你。

总是不擅长表达，也不擅长做告别。总是个实心的女子，为什么那时不会说，你是风儿我是沙，为什么那时不会说，我会一路跟你到天涯。

终于有一天，等来了分手的消息。他说我不爱他，这段感情里，他付出了太多，有些累了。

我茫然了很久，也痛苦了很久，三天没吃东西，偷偷哭泣。写回信给他，寄到一个叫乌鲁木齐的城市。信里没说什么，只两个字，同意。

就这样选择性失忆的忘记了他，就当从没遇见。取一大沓的书信和照片，放在盆里，慢慢看着烧成了灰。从此，天各一方。

2

今天中元节，给祖母送些纸钱。总是会惦念她老人家，怕她在另一个地方，过得不好。整整八年，祖母常常出现在我梦里。她不舍得我，我亦不舍她。

相依为命，胜似母女之情。不管怎样，这份深情也是无以为报。靠在祖母坟前，好像听到祖母的念叨，她说，能原谅的就原谅，能忘的就忘了罢。

一直倔强，隐忍且不肯原谅。这就是我，一个傻傻的孩子。成在结婚前一天曾见过我。他说要跟他师姐结婚了，那个和他一起为我买东买西的女子。我竟笑了，但不知是笑什么，大约是笑我自己。

那个女子跑到乌鲁木齐那么远的地方去陪他，是男人总会动心。他说，那时他很寂寞，他说，他希望去探望他的人是我。

我还是不会落泪，自己在他面前生生地把嘴唇咬出了血，只是为了忍泪。我说，挺好，祝福你。说完大步跑掉。他在后面喊，文子，我恨你，你从未爱过我!

我，落泪，如断线的珠子，扑扑掉在地上。我想说，我爱你，只是你不知道也未曾感到。

再后来的一天，从他母亲口里得到他牺牲的消息。两年了，从不想听关于他一个字，在我心里，他已死去。

他果真是死了？这样突如其来的噩耗差点让我昏倒。他母亲说，他心里是爱我的。娶她，是在负一个男人的责任。

我不知该说什么，只是恨他，跟我背离。还是恨他，为什么不好好活在这个世上。

十几年后的今天，我来到他的墓前。守墓人问我是谁，我说，是朋友，一个很好的朋友。守墓人说，除了他母亲，没有女人来看他。

我捧一束百合放在他墓前。我望着他的照片说句，成，我来了。今天我化了精致的妆，穿了彩衣，是你喜欢的样子。你说我太喜欢黑色，整天躲在黑暗里。

我来了，好久不见。蹲在墓前，好像他就在我身边。放声哭泣，第一次守着他哭了。我说，我好恨你，我恨你。是你让我心痛了那么久，就因为我不会说，我爱你。

我抱抱你的墓碑，如抱你。告诉你，别为我担心，我过得很好。他也很爱我，如当初你爱我一般。

临分别时，拜托守墓人，好好打理成的墓地，他是爱干净的。给守墓人放下一条烟和几百块钱后，他爽快地答应了我。让我放心，他会尽心打理，给重新描描墓碑的字，给好好粘贴他的照片。成，我能做的，只有这些。

打开手机，放一首齐秦的《大约在冬季》与你，“轻轻地，我将离开你，请把眼角的泪拭去，不知在此时，不知在何时，我想大约会是在冬季……”

这是他那时最喜欢的歌，常常让我唱给他听。今天我又唱起，不知他能否听到。我来了，不再是那个青涩无味的女子，曾经那样的骄傲，骄傲的忘记了对他说，我爱你。

听说，你曾经那样地爱过我。我说，一直忘了告诉你，我也是那样地爱过你……

年少时总以为

那些贴心的情话就是爱情

一句晚安就足以温暖整个黑夜

后来 看见的世界越大才明白

爱的渴望不是情话就能填满

天冷时的拥抱胜过一万句多穿衣服

下雨时及时送到身边的伞才能撑起晴天

不要因为世界太过复杂
而背叛了你的单纯和善良
也不要因为一个不值得的人
而丧失了爱人的能力和向往
跟谁一起舒服就跟谁在一起
人一辈子这么长
去做自己想成为的那个人吧

你穷，但是不妨碍我爱你

1

我有个同学名叫杨丽丽，名字普通、长相也普通，但她做过一件不普通的事儿：义无反顾嫁了一穷二白的学长，由穷人家的女儿，变成穷人的妻子。

这样的“弱弱联合”，在大部分姑娘眼里，无疑是个噩梦。

杨丽丽家庭条件不好，入学那天我们就知道。她是独自拖着铺盖行李来报道的，而且晚了两天，班主任甚至打了电话去催。

宿舍里只剩下角落一个上铺。她手脚利落地跳上去，一边整理一边自我介绍：“你们好，我叫杨丽丽，我在家里帮忙割稻子呢，所以来晚了几天。”

她边说边笑，洗得发白的牛仔裤似乎也荡漾着笑意，身上有一种长年累月劳动积累下的朴实气息。

高中那三年，杨丽丽成绩很棒，从没掉下过年级前十。可高考填报志愿时，她却摒弃了众多一流高校，志愿表上填写的都是清一色免费师范院校。

原因我们当然都知道，减免学费还有补贴的学校，对正发愁学费生活费的她来说，是无奈之下的最佳选择。

我们为她可惜，她却依旧乐癫癫地准备了一应生活用品，再次独自出发去上学。这一次，她买了硬座火车票，颠簸两天两夜，横跨了大半个中国，终于去到首都求学。

当时杨丽丽在QQ空间写了这样一条说说，一箪食，一瓢饮，在陋巷，人不堪其忧，回也不改其乐。

乐观、坚强而且吃得了苦中苦，我们都相信这个姑娘会有一个很美好的明天。

2

大二那年，杨丽丽谈恋爱了，对象是一个同乡的学长李明，两人在聚会上打过照面，又在勤工俭学时偶然相遇。一来二去的，彼此就都生出了些情愫，抬头低眸间的水光潋滟里，也就多了几分欲说还休。

那几年我和丽丽走得挺近，她偶尔会提起，语气是甜蜜的，却也掩盖不住一丝惆怅。

李明也是典型的寒门学子，办了四年助学贷款，平日里靠勤工俭学维持生计。好在他用功刻苦，年年拿到国家奖学金。

然而那时的李明，就像停在窗玻璃上的苍蝇，前途一片光明，可不知路在那里。

被贫寒打磨过的姑娘，其实比谁都更理智更清醒，也更明白一场婚姻的真正价值。因此她回避着他的灼灼目光，不说好，也不说不好。

直到有一个冬夜，她在做家教时，无意中透过窗子看到站在路灯下的他，跺着脚哈着手，嘴巴却念念有词，时不时抬头看看窗子，焦灼的面容里却带着喜色。

后来才知道，他每天都在打扫完教学楼后来接她，等待她的间隙里默背着英文单词。

一个贫寒的年轻男孩，证明爱情的最好方式，不过就是对她好，为她去努力。

他是真的对我好，也足够努力，而我也是真的很欢喜。一个念头忽然从心底破土而出，眼看这寒冬漫漫，春心却猛地萌了芽开了花。

3

同宿舍的姐妹说，不要和穷人谈恋爱。最好的年纪，应该穿最美的衣裳，吃最好的美食，喝最烈的美酒。

女孩子的青春耗不起，等他奋发向上出人头地？别闹了，那多累，再说你能保证他一定可以成功吗？

杨丽丽用一个淡定的微笑来回应苦口婆心的室友们，回过头来看电脑，李明正好从QQ上发过来一段消息：

我决定了，签了安哥拉的工作，一年将近三十万年薪，我三两年，就可以完成资本的原始积累。我会让你过上好日子，别人有的，我会通过双手挣给你，可能会有点慢，但我不会放弃。

那几年过得确实不大好，两人吃过的大餐是校门口的鸡米饭，逛街只敢去地摊货横行的动物园，最折磨人的是寒假遇上春运，凭着两张站票穿越大半个中国，回到家骨头往往散了架……

苦吗？真的有点，凡胎肉体的身躯，对吃喝享乐当然会有自然而然的向往。但在心理和生理的较量中，占了上风的往往是前者。

因为她记得他把所有的鸡块都夹进了她碗里，她知道他用一年的奖学金为她买了大衣，她发现他悄悄订了她的机票而给自己买了站票……

世事的确艰辛，但有这样一个人，把你所有的心思和心愿都记挂在心底，为了给你更好的生活一直向前奔跑着。那么，即使活在尘埃里，内心应该也能开出一朵花来。

这也是至高无上的宠爱吧，哪怕到了最后两个人依旧喝着白粥咽着咸菜，也是相互依偎着的姿态。杨丽丽说，我总是相信，爱情能成为我们的前进动力。

爱情从来都不会因为贫穷而卑微，卑微的是被贫穷轻而易举改变了三观，甚至抛弃爱情和梦想的那些人。

4

李明毕业就飞去了遥远的非洲大陆，在赤道上修桥铺路，用汗水生动诠释了“血汗钱”三个字的真正含义。

杨丽丽原本不舍得心上人去吃苦，但李明义无反顾。去非洲是很苦，胜在收入可观。作为一个男人，他觉得自己有义务在女朋友毕业前存够钱，给她一定程度上的安稳和富足。

于是，大学最后一年，杨丽丽的日子前所未有地宽裕了起来。李明的大部分工资都漂洋过海打到了她的卡上，两个人视频聊天时，李明总是大手一挥：“想买什么尽管买，现在老公养得起你！”

他黑了许多，也瘦了许多，脸上却带着明晃晃的笑容。两个人悄悄说完情话，就开始一点点计算工资与房价。作为定向培养的师范生，杨丽丽必须回到家乡的学校任教。李明便决定合同期满后回乡，买一套房子，再用三年积累下的经验开一家小小的建筑公司。这样一来，父辈的艰难困苦基本已经远去，对吃惯了苦的两个人来说，这已经足够幸福。

真正值得爱的那个男人，也许会让你苦一阵子，但不会苦一辈子。而真正值得爱的那个姑娘，也断不会计较你一时的落魄，她身上散发着的温柔和坚韧，也必定可以成为你最坚实的后盾力量。

5

今年秋天，李明终于回来了。此时的杨丽丽已经在家乡做了两年中学语文老师，接机那天她发了一条朋友圈，是三年前的照片，拍于李明毕业那天，是两人在校门口的合影。她还写了一句话：

那年我们很穷，但很快乐。现在我们不穷了，依旧很快乐。

世间有一种极致的成就和幸福，是寒冬里的两个人手牵手，一步步走到了春天。当百花齐放风光旖旎，陪在我身边的，还是你。

主导爱情的从来都不是贫富，而是两个人共同变好的决心。

这世界的确很现实，但总有一个角落，容得下认真相爱的一对男女，以及相濡以沫的两颗心。

一个人再好，如果没有陪你走到最后，他就是个过客，一个人有再多的缺点，如果能处处忍让你，肯花时间陪你，有上进心，那就是最好的选择，爱需要更多真诚与包容。

我们的青春之所以糟糕，并非因为受了多少委屈，付出了多少汗水，爱错了什么人，而在于那时的心态又浮躁又迷惘，不知道自己想要什么，不知道自己想做什么，能做什么，就这么忙忙碌碌，又一事无成的慌度了那最美的年华。

你是我此生最美的遇见

1

跟阳哥一起吃饭，我忽然心血来潮问他："你有没有谈过一场刻骨铭心的恋爱，一辈子都不会忘的那种。"

阳哥吃了一口菜，喝了一口酒，又抹了两下嘴，长叹一口气说："算不算刻骨铭心不知道，能不能记一辈子也不知道，但是，分开两年了，她在我心里还是那么好，一点儿也不见少。"

有人说，男生的爱情是在做减法，最开始追求时会给女生打一百分，等在一起之后，发现她的缺点越来越多，女生在男生心里的得分就会逐渐减少，所以分手的时候，通常是女生撕心裂肺，男生如释重负。

但阳哥说，他的恋爱刚好相反。

七年前，阳哥在大学的第一次新生聚会上认识了陈小妞。

那天，班干对他说："小阳子，你是不是还没女朋友呢，我给你介绍一个吧，保证跟你郎才女貌。"

阳哥说，好啊，要瓜子脸、水蛇腰、C罩杯的那种。

后来，班干就把陈小妞推到了阳哥面前。

阳哥打量着眼前这个个子小小，身子瘦瘦，一脸稚嫩，还有点婴儿肥的姑娘，在心里默默给她打了负分，心想班干这家伙也太不靠谱了，拉一个这么没水准的妹子给他，太小瞧他的眼光了。

整个饭局小妞都羞答答地坐在阳哥身旁，体贴地帮他倒酒，给他递纸巾，可阳哥却只顾大口吃菜，大碗喝酒，连话都懒得跟她说。

2

阳哥问我："你信缘分吗？"

我说："信。"

可是缘分是什么呢？

你遇到她的时候，以为她只是一个过客，但走着走着她就成了你生命的一部分，甩都甩不掉。

那天饭局的后半场，同学们都喝多了，男生争相跟身边的姑娘表白，阳哥对身边的陈小妞没有半点心思，于是准备吃饱了就撤，却被班干拦住了，班干说："小阳子，既然坐在一起了，表个白再走啊。"阳哥说："班干你别闹，我跟人家姑娘都不熟。"

班干说："不熟怎么了，咱学校狼多肉少，你先占上一个再说啊，我说小阳子你是不是胆小啊，不敢表白是吗？"

阳哥被这一句话触到了神经，他曾经确实喜欢过一个姑娘，因为羞于表白错过了。

于是，为了弥补过去的错过，也为了证明自己不是没胆，阳哥一个箭步，冲到了饭店前台的麦克风前，当着一饭店人的面，对着小妞喊："陈小妞我喜欢你，陈小妞做我女朋友吧"。

阳哥说，那天小妞被羞了一个大红脸，仓皇的逃出了饭店。

很多故事都是这么发生的，一个玩笑的开始以为不会有后来，但后来却接踵而至，不受你掌控。

自从阳哥表白后，全班同学便都把他俩当一对情侣看待，阳哥是负责任的男人，他想，既然姑娘的名声都这么搭给自己了，那就干脆追一追吧。

说也奇怪，男生追求真心喜欢的女生，总是找不到窍门，处处碰壁，可是追不喜欢的姑娘却会得心应手，招招制敌。

阳哥说，就没见过陈小妞那么好追的姑娘，你明明做好了打持久战的准备，结果号角还没吹呢她就束手就擒了，散了两次步，吃了两顿饭，你买了束花送她，第二次跟她说："做我女朋友吧。"她就点点头，痛痛快快地答应了。

3

跟陈小妞恋爱后，阳哥惊奇地发现，这是个特别懂事的女孩儿，从来不会无理取闹，你约会迟到她不会生气，玩游戏忽略她她不会抱怨，不记得她的生日她就买蛋糕给你吃，总之在她那里，好像从来没有什么值得闹脾气的事儿。

但是，阳哥依然不觉得自己多么喜欢她，他不是一个把恋爱看的很重的人，有没有她都无所谓，他也做好了随时分手的准备，到哪天自己厌倦了的时候。

直到恋爱后，阳哥的第一个生日，那天他收到很多昂贵的礼物，名牌钱包、手表、腰带等等，可小妞送他的却与这些都不一样，一盒亲手做的巧克力，一只暖水壶，一个抱枕，还有一套牙具。

看到这些礼物的时候，阳哥就笑了，这丫头好土啊，哪有生日礼物送这么一堆的，可是小妞有她的理由，她说："巧克力代表依靠，我的肩膀不宽但是随时准备借给你靠，你胃不好以后记得多喝热水，打游戏累了的时候有个抱枕靠着会舒服一点，还有你总是喊牙疼，一定要保护好牙齿，以后还要跟我一起吃很多好吃的。”

阳哥被小妞的这些话震住了，以前谈过的多少次恋爱，都是姑娘们等着他去关心和体贴，等着他去送礼物，从来没有一个姑娘像小妞这般用心，这样温柔地对他。

在那之后，阳哥开始觉得，他有一点点喜欢小妞了，越来越觉得她简直美好得让人难以想象。

一起吃饭的时候，小妞会为阳哥剥一整盘的虾递到他面前，阳哥腰疼，小妞在后半夜独自去校外给他买药，发烧的时候，小妞能给他搓两个小时的脚心都不喊累。

这到底是一个怎样的姑娘，一个多么特别的姑娘啊，她为爱情好像有用不尽的能量，永远不知疲倦，永远在你身旁，为了你她好像能豁得出性命一样。

阳哥真正义无反顾的爱上小妞，是在他的第二个生日，小妞送的礼物更加别出心裁，她花了不知道多少日子，手工制作了几十张“爱的抵用券”，亲手画的卡通，一笔一画写的字。

阳哥说，我再一次被她震惊了，她到底有多少奇妙的小心思啊，可以一直给你惊喜，她到底有多少优点啊，让你两年了都发掘不完。

也是从那一天起，阳哥决定要好好爱护她了，要加倍珍惜这份爱情了，因为这样的姑娘，值得他一辈子不离不弃。

4

阳哥的电脑屏幕是一张小妞的照片，从大一到现在从来都没换过，后来他在照片上写了三个字，“我老婆”，他说，其实这几年来，在我心里她早就不是女朋友了，而是真正的老婆，明媒正娶过的，一辈子的那种。

爱上小妞之后，阳哥整个人都变了，他想用以后的时光弥补这两年对小妞的亏欠，小妞曾说她在阳哥心里的分量小，因为他总是因为游戏、哥们、篮球、钓鱼这些忽略小妞的存在，阳哥就在小妞生日的时候，把自己玩了两年多的游戏账号给卖了，揣着四千块钱去给小妞选礼物。

小妞知道之后满心愧疚地说："我什么都不想要，你把账号买回来吧，玩了那么久你该多舍不得啊。"

阳哥说："陈小妞，我卖账号不是为了你是为我自己，我就是想告诉你，以后我可能还会因为游戏因为哥们因为篮球因为钓鱼因为很多事忽略你，但不管怎么样，你在我心里比这所有一切都更重要！只要你说一句话，这一切我都可以不要。"

很多承诺，说的时候都是真心又坚定的，但行动的时候，却总是不自觉地将它们抛之脑后。

5

大学毕业的时候，小妞选择了留在家乡，阳哥却毅然决然地要去当兵。

小妞是城里的姑娘，而阳哥的家却在一个小县城，小妞有爸妈给安排的稳定工作，阳哥却什么都要靠自己，所以，他以为当兵是奋斗的一条捷径，或者提干，或者退伍转业，他跟小妞说："你等我两年，我就回来跟你结婚。"

当兵走的那一天，小妞站在月台上对着他挥手，哭着追着火车跑，阳哥说，那时候怎么也没想到，一分开就是永远了。我以为她会坚定地等我回来，我以为她永远不会说离开，我以为距离不会打败真爱，我以为只要我愿意就能跟她长相厮守。

可是，当兵仅一年，小妞便对他提出了分手，迅速而又坚决。

小妞说："我想和我爱的人每天过柴米油盐的生活，我以为我爱你就有用不完的力量，我以为我可以等，两年而已啊并不是很长，可是我不知道我也会累，你不在我身边的时候，我想念想的好累，爸妈反对的那些日子，我一个人挣扎的好累，你说每周通一封信，我一直都在做，可是两年啊，两年的时间原来这么漫长啊，足以耗尽我等你的所有力气，足以改变我坚持下去的信念，足以让我……下定决心放弃你。

爷，妞为了你，真的什么都做了，可是妞累的坚持不下去了。”

这个时候，阳哥才忽然意识到，他的选择留给小妞的是什么，是一个人的孤单，是漫长的等待，是不确定的未来，是把所有压力都丢给她一个人承担。

阳哥说，我懊恼，不舍，不甘，不解，直到趋于平静，才终于领悟，自己在这段爱情里到底犯了多大的错误，明明知道异地伤感情还要选择分离，早知道她父母不同意却没给过她半句安慰，总是以为她很强大，却忘了她也只是一个柔弱的小女孩。

但是爱啊，就是这么后知后觉的，当你醒悟，却一切都为时已晚。

6

人生就是那么奇怪，你以为只是一个过客，她却留下了，你以为她永远不会走，她却又离开了。

你们一起走过整个青春时光，一起逛过无数次的街，吃过无数种美食，拍了无数张合影睡了无数次的觉，可就在你以为这一切都还有机会继续的时候，这场美梦突然醒了，那个一直依偎在你身旁的人，突然就不见了。

待阳哥喝完眼前的最后一杯酒，我问他：“现在你已经退伍了，有没有想过再把她追回来？”

他说：“她现在有了新的男朋友，也许我最后能给予她的，就是不打扰吧，既然她已经放过从前重新开始，我又何必再去纠缠。”

有些爱情就像山风呼啸过山岗，经过的时候浩浩荡荡，可最后剩下的，却只是无尽的回响和满满的苍凉！

阳哥说，你有没有听过一句话，有些人，光是遇见，就已经赚了！我这辈子，能遇见她，谈一场这样的恋爱，被她全心全意的爱一场，就已经是奇迹了。

我问他："那你还会再爱一个人吗？"

他说："会，也许以前不会，但是爱过她之后会了。"

有些人的出现，只为了惊艳时光，不负责陪你到永远，但她教会了你爱，让你明白原来有的爱情，有的人，真的值得你赴汤蹈火，拿命去换。就算最后分开，你每每想起她，心里有的，也只是满满的爱与感激。

一辈子不长，能遇到几个这样真心的好人呢，爱上了就抓住不要放手，在一起了就拼尽全力走到最后，因为一旦错过，也许就永远都找不回来了。

有时候觉得世界很小，

不想见的人逛个超市都能碰见。

有时候又觉得世界很大，

想见的人却真的没有再见。

每个人都应该学会丰盈自己的生活，拥有属于自己的独处方式。因为只有这样才不会总被无聊与空虚侵袭，才不会总将生活的希望寄托于他人的陪伴与填充，才不会总在聚散离合中心怀忐忑。

少对别人的爱情指手画脚

1

那天和好朋友阿飞去市中心的商场购物，挤在人满为患的电梯里。

电梯停靠在7楼时，最后上来的是一对学生模样的小情侣。男生高瘦挺拔，阳光帅气，目测一米八的样子，是现在流行的那种“大长腿欧巴”类型的，应该是很多女生会喜欢的款。女生，长得很一般，身高一米五几的样子，身材的话，用偏胖来形容已经十分委婉。很明显，这一对，不是平常人眼中“外貌般配”的情侣。男生先一步走进电梯，为女生在拥挤的人群中开辟出了一片空间。

然后，那女生，非常小心翼翼地踩进电梯，进来后抬头看着男友，用很细微的声音说：“幸亏刚才电梯没有响，要是因为我超重了的话，就丢脸死了。”

我跟好友一个眼神交汇，心照不宣。

谁知，男生脸上露出一个不经意的微笑，一脸宠溺地看着女友，顺手揉了揉她的头发，说：“就算超重了也很正常，因为，你手里拿了一大杯可乐啊。”语罢，完全无视掉电梯里的一片惊愕。

阿飞，对着我迅速地眨了一下眼睛。

我知道她想说什么。嗯，麦当劳的可乐——真的很大杯。

出了电梯以后，走在我们前面的两个女生的八卦，不小心落入了我跟阿飞的耳朵里。

一个女生拍了拍胸脯，做了一个很夸张的表情，说："oh,my god.刚才我们真的是在乘电梯吗？不是误入了偶像剧的拍摄现场？作为单身狗，我感受到了一万点的伤害。"

另一个接着话茬，说："那个男生看着还蛮帅气的也，女生嘛，就很一般。可是看起来男生好像很喜欢的女生的样子。你说那个男生看上女生哪一点了……"

"不知道，搞不好人家喜欢最萌身高差呢。"

我猜，有这种想法的绝对不止她们两个，从电梯里大家的反应就知道了。

刚才那一幕，绝对比当下流行的玛丽苏小说和狗血偶像剧温暖治愈。我还注意到一个细节，虽然电梯里拥挤得呼吸都困难，但男生却一直很努力地用自己的双臂圈出一个安全范围，护着怀里的女生。女生脸上，则全程挂着羞涩又甜蜜的笑容。

也许旁人看来这一对并不般配，可是他们就是那么甜蜜，那么在意彼此。

在爱情的世界里，从来都是如人饮水，冷暖自知。当两个人沉浸在爱情的世界里的时候，爱情会为他们画一个圈，圈子里是他们独有的世界和空间，是旁人看不懂的婉转和情深。往往，爱情表面的般配与否，只是旁人肤浅的判断，至于这爱情的里子，是清茶，是美酒，还是苦咖啡，只有当事人自己才知道。

2

江小雅，是我的一个中学同学。鹅蛋脸，柳叶眉，长腿细腰，标准的美人胚子。

她从初一开始，就桃花不断，一个学期下来，抽屉里的情书多得可以用来当草稿纸。最难得的是，她学习还很好。常常，她躲避那些缠人的围追堵截最简单的方式就是，放学拖着我一起走回家的路。

那个时候，我就在想，将来，什么样儿的男孩子才配得上她的喜欢。起码得是小说里那种高大帅气，各方面都很优秀的男孩子吧。

后来，我们进了不同的高中后很少联络。再后来，我在省外读大学，她在省内读，每年只有年底的同学聚会才能碰上。我们一直开玩笑说，什么时候把你男朋友带出来看看，让我们鉴定一下。她一直没有回应这个话题，直到大学毕业第二年的冬天，她破天荒地说要带家属出席聚会，我们当然求之不得。

然而，当天聚会，所有到场的人都跌破了眼镜。

江小雅的男朋友Y，是一个非常非常普通的男孩子，真的是那种掉在人堆里就找不着的人。在我们不了解一个人，也没机会去接触了解的情况下，也只能从他的外表去评判打分，整体感觉就是很平淡的一个人。但是小雅不一样，她是那种远远看过去就很抓人眼球的女孩子，出场自动加特效的那种女生。

所以，这两个人出现在我们眼前的时候，我们总觉得画风不太对。

一顿饭，大家吃的各怀心事。

有一个好事的男生，直接在饭桌上挑衅起来了，说："Y，快点给我们说说，你是怎么把我们大美女江小雅追到手的，当年她连正眼都不带瞧我们的，现在倒被你这个不知道从哪里冒出来的臭小子占了便宜。"

Y似乎对这种阵势早已习以为常，淡然自若地看着身旁的小雅，很幽默地回了一句："没办法，小雅她近视又不爱戴眼镜，眼神不好，所以就看上我了。"

一边说话，一边还不忘给小雅剥虾皮。而小雅坐在那里，安静地笑笑，也不说话。

等Y被男生拖去包厢外面抽烟的时候，几个女生绕过桌子，将小雅围了起来。

“小雅，这个人什么来头啊？老实交代！”

“你们什么时候开始的，谈恋爱多久了啊？”

……

尽管，大家问了很多问题，也期待剧情有所反转，但最终也没有得到什么惊天动地的答案。小雅只是说，他对她很好，跟他在一起很幸福。

隔天，我们约了一起逛街，才对他们这段感情有了更多的了解。

他们两个居然是公交车上认识的。大一的某个周末，小雅乘公车去市区买东西，站在旁边的一个男生看了她好久，一副羞涩欲言又止的样子。她以为又是要搭讪的人，并不想搭理，还往旁边挪了挪位置。结果，那男生居然又跟上来了，还恰好挡在了她的身后。她顿时有点恼怒，觉得这个人好奇怪，正准备发脾气。突然那个男生，结结巴巴地说了一句：“你，你衣服后面弄脏了，我把外套借给你穿吧。”

这下，小雅才恍然大悟，原来是这个。当时，心里又是感谢，又很恼怒。

没多久，Y就向小雅表白了。小雅拒绝了。他又表白，说可以等。就这样，一个表白，一个拒绝，中途又发生了很多事情，一年半后，他们成了男女朋友。

后来，家里人知道了，死活不同意。因为男孩十分普通，家境也很一般，还是单亲家庭。但是他们还是顶着压力在一起了，也没有像大家预测的一样毕业就分手。

本以为过了这么久，父母也该接受Y了，没想到毕业后父母反对的声音更强烈了。他们说你之前谈谈恋爱也就算了，现在已经工作了，得找一个条件好的人家，正儿八经地结婚安定下来了。你跟Y在一起，我们是绝对不会同意的。所以，这次她把Y带回来，主要是为了见父母，企图说服爸妈，扭转他们观念的。

小雅说了很多他们之间的故事，都是些琐碎平淡却又触动人心的温暖。其中有一件，我印象特别深刻。

他们陷入热恋的时候，Y还只是一个穷困的在读研究生。除了跟小雅在一起的时间，Y只会做三件事情，上自习，做实验，打工。因为不在一个校区，Y每天早晚步行四站路，接送小雅上下课。

夏天很热，冬天很冷，小雅都记在心里，感动之余，也不免有些心疼："你不用每天送我的，你导师那边不是也挺忙的？"

结果Y说："我乐意啊。"

"那你明天早上坐公交车来我这边吧，天冷了，我不想你走那么远。"

"没事儿，我就当是锻炼身体了。再说我每天省下来4块钱，你早饭可以加一杯热豆浆啊，多买两个包子也行。"

小雅跟我说这个故事的时候语气很平淡，但我知道波澜不惊的外表下是汹涌的暖流。我有点明白，她为什么那么抗拒了家里安排的，与高富帅的相亲了，执拗地和父母口中的穷研究生在一起。

因为在大家都看不见的地方，那个人对她真的很好，以后，应该也会一直好下去。

3

我没有追过星，也很少有什么喜欢的明星CP，总觉得在娱乐圈这个纸醉金迷、光怪陆离的世界里是不会有什么深情真爱的。况且，又有那么多"秀恩爱，死得快"的前车之鉴。但是，今年不同，张晋和蔡少芬这一对绝对是个例外。

表面上，蔡少芬很爱老公，事事以老公优先，给足了张晋作为一个男人的面子。但是如果你仔细地看他们夫妻参与的综艺节目，你会发现张晋其实很疼爱老婆的，一般来说，蔡少芬的决定都是绝对拥护的。而且两个人默契的只要一个眼神交汇，就知道对方想要表达什么了。

经常，明星过分地秀恩爱是会掉粉的，但这一对却是越秀越火。我想，可能是因为他们脸上那种发自内心的笑和幸福感，在无形之中感染了大家。

然而，今天大家眼中的天造地设、郎才女貌的一对，当年却非常不为人看好，情路走的十分艰辛。他们是2003年因拍摄电视剧《水月洞天》和《灵镜传奇》结缘，并建立恋爱关系的。

到了2007年底，蔡少芬亲笔写信，传真给香港各大报社宣布婚讯，一石激起千层浪。势利眼的香港媒体，从两人结婚酒店偏远、男方是个无名小辈、只有堪称穷酸的家庭等各方面对他们的婚姻冷嘲热讽，说武打替身出身的张晋，不论名气、地位、财力，无一配得上众所周知的美女，TVB当红花旦蔡少芬的。2008年，两人还是顶着各方压力结婚了。但即使在婚后，张晋依然会时不时地遭到港媒的嘲讽，说他给不了蔡少芬阔太太的生活，说他靠老婆上位，等等。

2014年，第33届香港电影金像奖，张晋凭借电影《一代宗师》拿到了最佳男配角，领奖时，他站在麦克风前真情告白："以前很多人都说我这辈子都要靠老婆蔡少芬，没错，我一辈子的幸福都要靠她。"这个时候，蔡少芬在台下感动得落泪。看到那一段视频的时候，我心里想的却是，虽然张晋是个武打替身出身的粗糙汉子，不代表这些年他没有被流言伤害，但是因为爱，因为相守，他们两个都挺过来了。

如今，结婚七年，他们依旧恩爱如初。蛰伏14年的张晋，也终因《杀破狼2》变身武打新星，新晋男神。在遭遇那么多质疑的声音之后，这一对终于被大家认可为"般配"的一对。

但是我想，在他们的心中，别人的认可与否应该根本没那么重要吧。重要的是他们彼此相爱，相知，相守。因为，在爱情的世界里，对两个人"般配与否"最有话语权的是当事人本身。

当我们用世俗的眼光去看待爱情时，最终也只能得到一个世俗的答案。

很多时候，旁人能看到的只是事情的表面，只是两个人的身高、长相、学历、经济等外在条件是否匹配，而不是他们内心的交流和感受，更看不到他们给彼此的爱意和温暖。所以，我们才看不懂那些“不般配”的爱情。可是大家都忘了，往往不般配的爱情，都有很深刻的原因，都有旁人看不懂的情深。那些所谓的不般配的蹩脚理由，都是旁人臆想出来的，并不是当事人真实的看法和感受。所以，还是少插手别人的爱情，少对别人的爱情指手画脚比较好。

你走过的每一步，很难让所有人满意，不用在别人的声音里患得患失，也不必讨好任何人，让在意你的人开心，让不爽你的人闹心，其实是一件很有成就感的事。我们最浪漫的作为，就是没变成别人嘴里的甲乙丙丁，而是永远记得自己是谁。

我要嫁给一个大我的男人，

他有丰富的阅历与故事。

他能像父亲照顾我的生活点滴，

轻轻抚摸我的头发，

守护着我，说爱我。

然后永远不会担心会离开我。

余生都是你，想想都幸福

1

去年F君去日本出差，我在网上看到一个帖子《姐妹们平时怎么发短信调戏男朋友？》各种答案直接笑喷。

正巧那天我换了新手机号，顺手给他发了条匿名短信：“老板，需要特殊服务吗？”

他没理。

我又发了一条过去：“寂寞小野猫，热情似火，送货上门，包君满意。”

过了好久，他打电话过来，第一句就是：“你在家很闲吗？”

我特震惊：“你怎么知道是我？”

他说：“只有你才会这么无聊。”想了想又说，“我后天回来。”

“这么快，不是要下周吗？”

“临时有变。”

没过多久他同事来家里吃饭，聊到这次日本之行，同事说：“F连庆功宴都没参加，正事干完一秒钟没耽误地往机场赶，说家里没人，要回来照顾猫。”

他四处看看，好奇地问：“你们家猫呢？”

我的脸蹭一下红了，F夹了块红烧鱼放我碗里面不改色地说：“它胆子小，怕生。”

我恨不得把脸埋进碗里。

2

F君在外人面前那是十分严肃冷傲，人送外号IceMan。而我恰恰相反，资深神经病，特别爱演，他经常骂我不当演员可惜了。

在外面吃饭的时候我突然停下来对他说：“姐夫，我们这样做对得起我姐吗？”

起初他还会和服务员一起露出被雷劈的表情，久了就习惯了，昨天还特淡定地回了我一句：“你姐在九泉之下会祝福我们的。”

有一回我心血来潮，对他说：“我要演痴心男二号。”

然后很快进入角色，对他咆哮：“我才是最爱乔一的人！我是不会把她让给你的！”

他在书架旁一边漫不经心地翻书，一边无所谓地回：“你拿去好了。”

我愣了，剧情不应该这样发展啊。

我说：“我今晚就带她走，永远离开你！”

他啪一声把书合上，冷冷地说：“你试试，她要是敢跟别人跑，我打断她的腿。”

靠！谁让你乱改剧本的！

3

家里楼上装修，每天吵个不停，我干脆去酒店开了个房安心写稿。

晚上F君来给我送饭，我两眼发光地问他："我俩这样子像不像在偷情？"

他狠狠瞪我一眼。

谁知这厮一进屋就麻利脱衣服，我问他做什么？

他一脸正经："动作快点，我老婆五点下班。"

4

出差回来，在机场接到闺蜜电话，失恋了哭得稀里哗啦。我拖着箱子陪她去喝酒。

说有始有终的爱情是人间异数，是天上掉馅饼，根本不能奢望它跟发盒饭一样，到饭点就人手一份。

回到家我特别伤感，抱着F君说："我这人运气一向不好，我这辈子最幸运的事大概就是遇见你，所以我特别特别珍惜，长这么大唯一坚持下来的事情就是爱你。"

他说："恩，你这么想我很感动，"顿了顿又说："但是你不要以为这样我就会原谅你凌晨三点才回家。"

然后狠狠瞪我一眼，起身去厨房帮我泡蜂蜜水解酒。

5

我话很多，经常在他耳边叽叽喳喳地说个没完没了，有天我突然意识到，便问他："你会不会觉得我很啰唆？"

那时他在开车，眼睛看着前面的路，面无表情地回："是挺啰唆的。"

我有一点不高兴，原来他一直觉得我烦。

他忽然笑了，说："反正得听你啰唆一辈子，习惯就好。"

6

我和他是高中同学，他读书时和现在一样，嘴上不饶人，但心肠很好，一直很照顾我。后来发生了一些事情，我们当时都不太成熟，为一点小事就绝交了。

他去英国读书，好多年我们都没再联系。同学会上提到他，有人说无意中拨错号码，打他以前的手机号他居然通了，才知道这些年F一直留着原来的号码。

"在国外不是很不方便吗？"

大家都很费解，最后统一得出结论，大神的行为模式不是我等凡人能会意的。

没过多久他生日，我鼓足勇气给他发了条短信，抱着手机看了一晚，他没回。直到第二天下午他才发来回复，很疏离很客套的两个字："谢谢。"

后来他回国，我带着一身孤勇来北京找他，我们和好，决定在一起。有一天我在书柜里找到他以前用的那部诺基亚N97，打开，通话记录和短信都删得干干净净，只有短信草稿箱还有东西，我点进去，里面存了几十条草稿。

今天在Asda碰到一个女生很像你。

Paul出了新专辑，听歌的时候感觉你就坐在我旁边。

长沙降温了，你记得加衣服。

我原谅你了，给我打个电话好不好。

……

最后一条是：我好想你。

时间是他生日。

7

去年在一个挺偏僻的山区做活动，人群中我被推搡着摔了一跤，腿正好磕在石头上，疼得眼冒金星。同事来扶我问没事吧，我爬起来拍拍手说没事，贴了两张创可贴继续工作。

回去才发现半截裤子都是血，一瘸一拐地去医务室，医生说得缝两针，但是医务所没麻药。因为第二天还有任务，耽误不得，我心一横，缝吧，我忍着。

硬是忍着一声没吭。

同事在旁边看着，一米八几的东北大男人居然眼眶红了，他说哥真心佩服你。

我还挺不好意思的，说："这算什么呀，我小时候做手术，比这疼一百倍都忍过来了。"

回北京F君来接我们，我一上车倒头就睡，中途醒来听同事在跟他聊天，说我早生个几十年肯定是刘胡兰。

"她在家也这么要强？"

F说："不，在家很爱撒娇，经常看电影哭得眼泪鼻涕要我哄，跟个小孩儿一样。"

同事很困惑："为什么？"

"因为只有在我面前，她可以不用坚强。"

我默默听着，突然鼻子一酸。

我以前在书里看过一句话，印象很深，说在人的一生中，遇到爱，遇到性，都不稀罕，稀罕的是遇到了解。

我想这就是了解吧。

8

公司要做一个关于怀念青春的策划。

我给朋友们群发了一条信息："你学生时代喜欢的那个人现在怎么样了？"

收到各种答案：

"成了别人孩子的爹。"

"结婚了，生了孩子，昨天晚上梦见他，还是那样对我不屑一顾，好像不管我多努力，都追不上他的脚步，梦里很难过，因为他没有做错什么，他只是不爱我。"

"学生时代只爱黄冈模拟题。"

慢慢看下来，发现不小心也给F君发了，我倒也没抱希望，他基本不回这种群发短信，等了好一会儿，他果然没回。

那阵子我们工作都很忙，我回家已经晚上十一点，他比我还晚。晚上睡得迷迷糊糊感觉他蹑手蹑脚地上床，帮我掖了掖被子。

第二天醒来他已经走了，我到公司才发现手机里有一条未读信息，打开，看到他的答案：

"成为我妻子，在我身边睡着了。"

凌晨两点四十五分。

9

跟F君刚谈恋爱那会儿，我对这段感情没有把握，他又是很固执的人，每次吵架都是我主动认错和好。

有一回我们吵架，他晾了我一星期，我厚着脸皮赔笑脸，可他就是不理我，那天正好车里在放张悬的《宝贝》，里面有一句歌词："我的小鬼小鬼，逗逗你的眉眼，让你喜欢这世界，”

我说：“你看这歌词写的不就是你吗，跟个小孩儿似的好像世界都是你的。”

我自说自话了半天，声音越来越小，越来越哽咽，心里委屈得要死，心想不理就不理吧大不了分手。

一路无话。车在我公司楼前停下，我正准备开门，身后的他突然拉住我，低头闷闷地说：“可是……我不喜欢这世界，我只喜欢你。”

我眼泪刷一下就流下来。

10

我外婆年纪大了，脑子有些迷糊，全家只有F君能跟她沟通，我们都觉得特别神奇。有一年过年回老家，我帮妈妈做饭，F在院子里陪外婆聊天，我听到他在教外婆说英语。

“I love you，就是我爱你的意思。”

“你慢点说，矮什么？”

F很耐心地说：“矮——那——屋——有——”

外婆信心满满地点头：“记住了！”

晚上吃饭我故意问外婆：“听说你会说英语了？”

外婆很高兴：“小F教我的。”

F歪着头问她：“我爱你怎么说？”

“矮……矮……矮……”她想了好久，终于想起来了：“矮隔壁有！”

一桌人都被逗笑了。

夜里我出来倒水，看到外婆屋里的灯还亮着，以为她又忘了关灯，走到她门前，看到她一个人坐在椅子上，捧着外公的遗像小声说：“老头子，爱隔壁有。”……

那晚睡觉F抱着我说：“外婆很孤独，我们要多回来陪陪她。”

我突然很想哭。

不熟悉F君的人都觉得他很冷漠，寡言少语像块石头。

只有我知道不是。

他很温柔，是我见过最温柔的男人。

11

他的工作需要长期出差，又不放心我一个人在家，临走前我帮他收拾行李，他突然很孩子气地说："你跟我一起走吧。"

我说不要。

因为是早上的飞机，第二天我醒来他已经走了，我迷迷糊糊地起来喝水，看到他在冰箱上贴了张纸条，走近一看，上书：不要给陌生人开门

我一口水喷出来，天雷滚滚地给他打电话。

"你把我当三岁小孩了吗？"

"你是三岁小孩就好了，我去哪都把你带在身边。"

我很喜欢搜集明信片，所以他每去一个国家都给我寄一张明信片回来。

不久我就收到了好几张，但收信人分别为：王建国、李胜力、王自强。

我又天雷滚滚地给他打电话，他理直气壮地说："为了让邮递员知道家里有男人。"

然后过几天我在淘宝上买东西，快递打给我电话，开口就喊申大勇。

果然，这家伙把我收件人姓名也改了。

F同学，不知你是否考虑过，让别人以为家里经常出入不同的男人，情况更加危险好吗？

12

领证的前一晚我问他："你是什么时候开始喜欢我的？"

他答："不记得了。"

"可是，为什么是我呢？"

"为什么不是你呢？"

"我很小气，又爱吃醋。"

"我也是。"

"我怕自己不值得你喜欢。"

"我也是。"

"我没怎么谈过恋爱，不知道爱情是什么。"

"我也不知道。"

他温柔地握住我的手，"但我知道，一想到能和你共度余生，我就对余生充满期待。"

16岁时我们共用一个课桌，胳膊与胳膊相距不过十厘米，我的余光里全是他。

26岁时我从清晨醒来，侧头看到阳光落在他脸上，想与他就这样慢慢变老。

也许这就是爱情吧。

找对象就要找大方，大气的，
一点亏都不肯吃的人，
说一万遍喜欢你也别信。
疼你的人会心甘情愿输给你。
学会了迁就，懂得了忍让，
才能证明深爱着你。他给你的或许不多，
但有了包容，就等于给了你全部。

CHAPTER

03

风景依旧

仿若初识

人越往上走，心应该越能往下沉，心里踏实了，脚下的路才能走得安稳。所以呢，向往富足是好的，但在通往富足的路上，别忘了带上知足的心。

独处跟相处都是美好

1

因为我的忙碌和疲惫，经常性地待在电脑前做方案或是敲下一篇篇文章，不止一次有朋友用审视外星人般的眼光瞪着我，并异常惊讶地说："天呐，都没见你出去跟朋友玩过，天天把自己困在一个'笼子'里不会生病吗？小心你'自闭'到连朋友也没有。"

对此，我真是哭笑不得，也很费解。谁说喜欢独处就没有朋友了？

曾在网上看过一篇文章，文中有一句写得很对心，说"朋友之间，越简单越好，有事就联系，没事各忙各的。"

我觉得这是时下一种很好的交友态度，在越来越忙碌甚至焦灼的生活中，时间被分割到无数地方，就连阅读也流行起"碎片化"的方式，时间真真匮乏如稀世珍宝。

当你疲惫的时候，或许你更愿意去做的事就是看一本书或大睡一觉，用独处的时间给身心一个疗养，而不是呼朋引伴，四处奔走，甚至通宵达旦地豪饮狂欢。

2

我有一个从初中就走在一起但已多年不见的好友L，还在学校上学的时候，我们天天一起上课下课，一起吃饭，周末又一起开车出去玩，逛街买衣服也互相提供意见，我们就像是江湖上所说的“好基友”一样，好得不得了。

后来因为学习差异，不得不走上各自的路途，导致有一段时间没有任何联系。

但是当我们从各自忙碌的生活中找到彼此的时候，没有责怪，没有陌生，还是和从前一样嘘寒问暖，没有隔阂地交谈。

一天L打来电话，问我在哪？我说我在广州，他有些欣喜地说：“我也来广州了，并准备在广州安定下来，前段时间租了一间铺面，目前正在装修中，过几天准备开业，到时过来坐坐…”，我毫不犹豫地说：“没问题啊！”，内心充斥着满满的喜悦和兴奋。

就这样聊了几个小时，准备挂电话了他又补了一句：“有空也给我写副书法作品呗，静和忍分开写，要大点能挂起来那种……”，我有些惭愧地说：“行，不过我好久没练字了，等空了我练练去……”，又聊了一阵才挂了电话。且不管之后如何，但这种没有客套，互相信任的朋友关系，让内心充满了安定和实在。

刚毕业工作那年，一位很久没联系的大学舍友因为哥哥炒股亏了些钱，生活出了状况，硬着头皮动用人脉圈借钱周转。当然，也打了电话给我，问我能有多少，并说后面工资下来就给你，因为是大学里比较上心的好友，我说我尽力，然后就把当时能拿出来的所有家底5000元转了过去。

他当然像找到了救命稻草那般兴奋，大概提供帮助的也就那么几位好友，之后他不无感慨地在朋友圈发了条信息：“感谢你们，在我如此窘迫的时候，二话没说就给我提供了帮助，有空出来吃饭，我请客！”

我在后面留了一句话：“那你可得努力存钱了，下次见面，我要点最贵的佛跳墙！”

一个月后，他感激地归还了所有借款，还请吃了一顿大餐。谁说喜欢独处就没有朋友了？真正的朋友，是即使见的面很少，但是心里有你，特别当他有成就的时候能想起你，并和你一起分享成果，或是在你有困难的时候，能尽自己最大的能力去帮助你。

3

朱光潜老先生在《谈交友》中写过一段话，我个人非常喜欢，在我看来，这段话也能作为我对朋友这个词的一种概括。他说：“谁都知道，有真正的好朋友是人生一件乐事。人是社会的动物，生来就有同情心，生来也就需要同情心。读一篇好诗文，看一片好风景，没有一个人在身旁可以告诉他说：‘这真好呀！’心里就觉得美中有不足。遇到一件大喜事，没有人和你同喜，你的欢喜就要减少七八分；遇到一件大灾难，没有人和你同悲，你的悲痛就增加七八分；孤零零的一个人不能唱歌，不能说笑话，不能打球，不能跳舞，不能闹架拌嘴，总之，什么开心的事也不能做。”

幸甚至哉，感谢老先生写了这么一段话，让我作为自己的一种交友宣言。

静心想想自己的朋友圈子，确实是由曾经的多而杂变得越来越少了，以前觉得朋友多是一笔人际资产，关键还是受了那些老话的影响，什么“朋友多了路好走”“在家靠父母，出门靠朋友”等等，现在想想，这个时代，自己踏踏实实的努力才是真正不动的资产。

可喜在为数不多地留下来的朋友中，他们变得越来越重要了。因为他们心里有我，而我的心里有他，彼此之间是一种玄妙的心照不宣的关系。

4

也许有人会问，你的意思是真正的好朋友都要维持这种关系吗？不是的。

我当然不主张闭门造车，自我封锁，都靠这种关系维持朋友的距离。所以我在这里还要强调的就是，有些友情，还是得维持在必要的联系上，因为每个人对友情的理解和看法不一样。而多一些沟通，对灵魂的充实与思想的交换更是一种莫大的促进。

想起近几年，我也陆陆续续地参加了一些朋友的聚会，有些是因为刚好出差路过，顺道见个面的，有些是因为出国归来接风洗尘的，有些是因为考试成功大家一起庆祝的，有些是因为不定期举办的见面会或是生日会等等。

这许多聚会，我都尽可能地出现，在我看来交流是一种乐趣，这其中的乐趣，当然不是为寻找“写作方子”而动的私心。我只是乐意在亲近到没有隔阂的友情之间寻找互为认同，互爱互助，相互包容和理解的感觉。听他们各自的人生轨迹，各自奔忙的东西，听他们与我分别多时的所见所闻，甚至是一些抱怨和不满。

交流最大的快乐在于，你能在彼此面对面的沟通中得到新的收获。

比如男性朋友会给你一些职场建议，恋爱心得，还可以聊聊各自喜爱的运动明星，谈谈人生的憧憬和发展，也很有可能挖掘到平时不容得到的生意经，合作门道等等，而这些触动，你也许读上十年书也未必能得到。

女性朋友则会更关注生活与情感，给你提供自己的美食心得或旅游攻略，也许还能给你物色对象，或是告诉你以前班上的哪位老同学结婚了，找到了怎样的幸福云云，你也总能在其中找到一丝鞭策，今年可一定要努力脱单啊。

你看，我也不尽然就因为独处而变得没趣，甚至没趣到连朋友也没有。

但是在诸多聚会和玩乐当中，有必要提醒的一点是：外面的世界那么大，朋友那么多，你就是穷尽一生也未必能凿得冰山一角，就是挖出自己的心也未必能得到真正的好朋友。而以退为进，让躁乱的心在独处中获得新的养分不见得就是一件坏事。

5

周国平曾说："孤独中有大快乐，沟通中也有大快乐，两种都属于灵魂。一颗灵魂发现、欣赏、享受自己所拥有的财富，这是孤独的快乐。如果这财富也被另一颗灵魂发现了，便有了沟通的快乐。所以，前提是灵魂的富有。"

可见，沟通和孤独是同样重要的两件事，是互为牵连，并不矛盾的。但是，丰盈自己的灵魂，还要以孤独的修炼为前提，之后，才能有沟通中的大快乐。

至于所谓的喜欢独处就没有朋友，这是根本就站不住脚跟的。因为独处是一种自我审视和疗养的状态，而和朋友在一起是一种互为影响的沟通，两者都足够美好。

越长大就越发觉，除了你自己，
没有人会明白你的故事里
有过多少快乐或伤悲，
这世上根本不存在感同身受，
所以别傻傻的摊开伤口向别人诉苦，
这世上多的是撒盐的人

当你在犹豫的时候，这个世界就很大；当你勇敢踏出第一步的时候，这个世界就很小。你已经变成更好的你了，一定会遇到更好的人的。你是谁，就会遇到谁。

过去的已成回忆，现在的已是生活

我的朋友G先生告诉我，以后除了极个别老同学和旧同事，其他人他打算慢慢疏远，把曾经的岁月都放到回忆中。

G先生比我大六岁，我们相识于微末，那时候我刚刚上班，薪水不高，他的工作是助理，待遇也一般。但G先生志向远大，他告诉我并不在意薪水高低，只要能够学到东西，因为他迟早得出去自己干的。

2008年时经济危机，很多原本有想法的人都暂时搁置了念头，打算等大环境好一些再做下一步打算，而G先生却坚定地辞职去了广州。当时，连我都觉得他太草率了，也许等一等会更有把握，但他心意已决。他走的前一天，邀请我和另外一个朋友一起吃饭，席间他认真地对我们说：“以后离得远了，见面肯定会少，但我希望我们做一辈子的朋友，无论彼此是贫穷还是富贵。”

转眼几年过去了，G先生在广州努力打拼，终于站稳了脚跟，但由于急于发展，在一次重大合作时被对方公司骗了，损失几千万，对方直接跑到了国外，他追索无门，最后连房子和车子都抵押出去了，他的首次创业以失败告终。

之后，他痛定思痛回到浙江，找关系从银行贷到一笔钱，开始做儿童玩具，他吸取了第一次失败的教训，小心谨慎地经营着玩具厂，几年后，他渐渐做出了名气，现在已经把玩具卖到了欧洲。前段时间先生从意大利带了个玩具给侄子，结果发现“made in china”，G先生一看，哈哈大笑，得意地告诉我们这是他们公司制造的。

G先生的成功，除了他踏实勤奋外，最主要的一点是他重感情，念旧情。如今他却告诉我要疏远曾经的人，我猜想肯定发生了什么事。

G先生说自从他的事业越做越顺后，经常会接到许久不联系的同学或者同事的电话，经常以这样的形式开头：“喂，G总啊，还记得我不？别是发达了就不认识我了吧？”

G先生跟我说，每次他听到类似的话，心里都觉得很堵，一种叫“旧情”的压力扑面而来。

G先生努力试图让我明白：“我不知道你理不理解那种感受，这样的话我们平时开玩笑时也经常说，但从有些人嘴里说出来，你就是会感到一种酸溜溜又不怀好意的意味，然后他们会提出要你帮忙做一件什么事，如果你拒绝，就是真的不念旧情。”

我明白G先生想表达什么，这个世界上除了道德绑架，还有一个词叫“情感绑架”。我们活在这个世界上，谁也不希望被别人说自己是冷酷无情的人。

G先生跟我说，这一年里，他就陷在这样的旋涡里无法摆脱，而前不久的一次同学聚会终于促使他决定远离这些人。

两个月前G先生的高中同学里有人提议办一次同学会，很多人响应，最后决定找一个度假村好好玩两天，每个人大概需要交一千块，聚会那天当场收齐。发起人特意给G先生打了电话，通知他一定要参加，现在所有同学中G先生是混得最好的一个，不来就是不给老同学面子了。盛情难却，G先生把原定去日本出差的行程延迟，改去参加同学会。

交钱的时候，不知谁说了一句：“G总，现在你可是大老板，同学会就你请客吧，让我们也沾沾光。”

G先生也豪气地说：“没问题，那就算我的吧，请老同学吃饭是我的荣幸。”

正当他想把信用卡给发起人时，又有一同学说：“虽然我们没有G总有钱，但参加个同学会的钱还是掏得起的，何必占这种小便宜呢？”

于是，G先生请也不是，不请也不是，尴尬无比。最后，还是班长决定按照原方案执行，为了避免大家不自在，所有开销都是AA制。

G先生感慨地对我说：“真正让我不想参加的原因是我发现我们早已不是同一个世界的人了，完全聊不到一起。女同学们聚在一起聊自家的娃，聊家里的婆婆如何奇葩；男同学在一起，要么相互吹牛，自己在公司如何受领导器重，要么抱怨自己怀才不遇，问我该如何快速致富；还有一些我挺想跟他们好好聊聊的，但他们觉得跟我聊天有拣高枝的嫌疑，客气地打个招呼后就坐得远远的。后来，我就借口有事，早早告辞了。”

但令G先生没有想到的是同学会结束后没几天，有的打电话给他想借些钱，有的希望家里人到他公司来上班，并且说：“老同学了，不会连这点忙都不肯帮吧？”

G先生评估后帮了一两个，大部分他选择了拒绝，毕竟做到他这份上，情谊和实际总还是分得清的。被拒绝的人自然不高兴，免不了到处说G先生不念旧情，举手之劳的事情都不肯拉同学一把。

我也理解G先生，帮一次两次确实不是什么大问题，但是要帮的人多了，哪里顾得过来？最后的必然结果就是和曾经的人越来越远，但和其他疏远不同，一个人成功后和曾经的人不再联系，必然要受到指责。

在生活中，我经常会听到有些人抱怨自己的旧识：“别提他了，自己混得好了，哪里还会正眼看我们一眼呢？人家眼界高着呢！”

这个世界上有一种不公平的逻辑一直存在：一群人中有一个人出息了，经常会出现两种现象，出息的那个人渐渐和以前的人走远了，或者以前的人渐渐和他疏远了距离，前者往往会被人诟病成不念旧情，后者往往会被人奉为清高自持。

但这个世界又很公平，当你被远离或远离曾经的那些人后，又有新的知己朋友走入你的生活，和你的思想再次产生共鸣。

疏远曾经的朋友，其实和看不起无关，很多也并不是刻意疏远，而是彼此的世界已经不同。当他跟你八卦别人的是非，你觉得很无聊，满脑子想的是如何提升自己；当他跟你抱怨工作不好，你觉得抱怨有什么用？满脑子想的是如何更加努力地去完成自己的目标，他不理解你的世界，你也早已经对他的世界陌生，渐渐地，越走越远，直到成为对方的回忆，即使你想努力维系，结果也是无话可说。

前不久，我和一位许久不见的朋友聚会，我满怀兴奋地去赴约。曾经我们彻夜聊未来聊感情，彼此在对方的生活中画过浓墨重彩的一笔。

然而，这次见面，我再也找不到曾经的感觉。席间，她不断跟我说她六岁的孩子，当然，我明白每个当妈妈的是多么愿意跟朋友分享孩子可爱有趣的一面，我也乐意听她说一些孩子的趣事，但许久不见，我真的不愿意让孩子的话题一直贯穿我们的久别重逢，我多么希望我们除了孩子还能够聊聊现在的生活、爱好和追求，孩子可以作为其中一个话题，但不应该是全部。我努力想把话题从孩子身上转移，但聊不到两句，她的话题又会回到孩子身上。最后，她无限满足地对我说："亲爱的，赶紧生个孩子吧，以后我教你怎么把孩子养得又白又壮，到时，我们可以天天聊孩子。"

我没有正面回答，然后微笑告辞，出门的那一刻，我的心里有些感伤，我们的世界已经不同，再也不可能回到当初。

人与人的交往，说穿了就是思想的碰撞，能长久交往下去的人，彼此都能走进对方的精神世界。有些人，曾经走进过彼此的世界，但由于各自的经历际遇不同，慢慢地又淡出了对方的世界。

走远的，成了我们的回忆；新来的，成了我们的生活。

亲爱的，无论你经历过什么，都要努力让自己像杯白开水一样，要沉淀，要清澈。绚烂也好，低迷也罢，总是要回归平淡，做一杯清澈的白开水，温柔的刚刚好。

其实人都差不多，
新鲜感和热情消失得很快，
有人离开也会有人来，
该走走该留留，
无论怎样我都不强求。

很可惜，我们再不是朋友

小醒是我的发小儿，她的父母和我父母是同学，又在一个村，这就注定了我和小醒必然的死党关系。她家在我家对门，年幼时我们常常睡在一起，吃在一起，形影不离，如漆似胶。曾经一度怀疑，如果小醒或者我有一个是男的，那一定会娶了对方……

小时候的我特别调皮捣蛋，干过很多坏事。而这些坏事很多都是为了小醒。

三岁时，我和小醒在村子的麦场玩耍，小醒拿着蜡笔，为我画像，按她的要求，我竖着两根手指，傻傻地在一个桐树下笑。我没有看到小醒的画，而是看到村子里的小霸王从她头上跨了过去，小醒哭了，她说：妈妈说，被跨过的人不会长高。（事实证明，妈妈是对的，长大的小醒没有突破一米六。）我以百米冲刺的速度追上小霸王，将他打倒在地，被我抓破了脸的小霸王，在我的威逼下，不得不向小醒道歉。

五岁，我和小醒被爸爸送去了村里的学前班，小醒温柔恬静，而我没心没肺。小醒喜欢画画，而我喜欢冲锋枪。很多时候，小醒都是甜甜的坐着，看我跟其他的男生打架，从不担心我受伤，因为在小醒的眼里，我才是超级无敌的小霸王。

六岁，小醒升入了镇上的小学，而我则因为生日太小，被爸爸逼迫再读一年学前班。这样，小醒比我高一个年级了。小醒放学的时候，我总会拿着自己的算术本，去她家跟她一起做作业，问她大学校的情景：大学校里面有没有滑滑梯啊？小醒笑得很甜美：幼稚啊你，大学校里面是去读书的。呵呵，六岁的小醒嘲笑比她小三个月的我，真是幼稚可笑。

小学的我们，每个节假日都在一起度过，一起写作业，一起玩花包，小醒喜欢玩的，我都努力的做得很好，我不想失去小醒这个朋友。可是，小醒喜欢的真多，往往一个游戏我刚刚学好，小醒就又换了一个游戏，我又不得不去学新的，可是我从不厌烦，乐此不疲地跟她一步一步。像个勇敢的战士，永远不让她受伤。

十三岁，按我们的习俗，需要举行成人礼。我跟小醒同岁，家里觉得仪式可以一起举行。那天，小醒家来了很多客人，英子阿姨给我们买了一样款式的毛衣，我的是米黄色的，小醒的是粉红色的。敬酒的时候，个子比较高的我，站在小醒身边，小大人似的拍着她的脑袋：小醒，记着跟大家说多谢照顾。

小醒不以为然地撇撇嘴巴：你会的，我也是会的。

我憨憨地挠挠头，傻傻地笑了，小醒则脸涨得通红，嘴巴抿得紧紧的。

她的手里拿着一个小酒杯，我则抱着一个大大的酒壶……眼疾手快的叔叔，用相机帮我们记录了这珍贵的时刻，那张照片我们都一直保存……

小醒的爸爸不怎么喜欢小醒，他总是说，小醒要是男生多好。每当这个时候，我总会在角落里顶嘴：小醒以后会变得很漂亮，不理你。

小醒的爸爸不喜欢小醒是有原因的，因为小醒的成绩没我好，年级里面，我不是第一就是第二，而小醒是在那个长长的排名册里找不到的……

十四岁，我读初一，小醒读初二，读初二的小醒已经出脱得异常美丽，似一朵荷花，清新淡雅，媚而不俗。学校喜欢她的男生一把一把的，作为小保镖的我，担负起了帮她挡追求者的任务。

小醒第一次收到情书，是在一个秋日的午后，我正在教室睡觉，小醒来找我，隔着玻璃窗，我看到她的嘴型：出来下，快点有急事。

我不知所以，快步跨过前面的桌椅，跑到小醒跟前，还没站稳，就被她拉到了操场上的老槐树下，她说：我收到情书了，是段晨写的。我知道段晨，是初三的学长，高大帅气，总是酷酷的，后面跟了一群小弟。我不觉得他配得上小醒：那又怎么样？

小醒习惯性地涨红了脸：他像道明寺。

小醒喜欢道明寺是我夏天的时候知道的，我们一起躺在我家后院的竹床上，我指着天上的五颗星星说：小醒你看，那是唐僧和他的三个徒弟，还有白龙马。

小醒痴痴地笑了：你怎么这么幼稚，还看孙悟空，叫我说啊，那应该是F4和杉菜。

隔着微弱的月光，我看到小醒的眼里有种奇异的光芒，这种光芒也许就是期许吧。

后来，我知道了，原来小醒喜欢看偶像剧，喜欢看流星花园。小醒说，她也要做杉菜。我却想，小醒比杉菜漂亮多了。

小醒跟段晨在一起了，她说段晨像道明寺。她说，段晨给她买玫瑰花了。她说，段晨为她打架，胳膊都受伤了。

只知道好好读书，健康运动的我，体会不到小醒恋爱的幸福，但是，只要小醒开心，我也觉得很开心。

初三结束，小醒没有考上高中，她的政治很差劲，喜欢艺术的小醒，觉得条条框框的政治是对生命力的摧残。小醒的父亲开始骂她，我知道小醒很难过，因为段晨家有钱，他一定会去读高中的。

秋天到了，我去找小醒，我说，小醒，你去复读吧，然后我们一起去上重点，上段晨的学校。

第一次，高傲的小醒在我面前露出了失望：你成绩那么好，去哪里都没问题，可我……

我不知怎么回答她，只是用实际行动开始督促她学习。每个放学的傍晚，我都把小醒叫到我的房间，大大的写字台前，我们一人一端，埋头苦读。筋疲力尽的时候，小醒总会跟我讲她跟段晨的事情，甜美的笑容挂在脸上，似一朵含苞海棠，粉嫩娇柔，令人陶醉。遇到难题的时候，小醒喜欢眉毛拧在一起，嘴唇咬着铅笔。

直到现在，我还记得，那时小醒拿着铅笔问我辅助线应该画在哪里的样子。

一年之后，毫无疑问的我和小醒都上了重点，小醒在普通班，而我依旧在重点班。

我站在重点班豪华的教学楼上，正好可以看见小醒的班级。不远处的她，依旧静静地坐在桌前画画，时而低眉，时而思索。我想，小醒真的是个艺术家。

学校里开始传言，高一有个班来了位冰山美人，而只有我知道，小醒的冰是冷到心里的。

开学那一天，我和小醒看到了段晨，他冷漠地穿过小醒身边的样子，不仅刺痛了小醒也刺到了我。

那天晚上，小醒来找我。我们躺在我大大的床上，小醒眼睛一眨都不眨，我轻轻地翻书，看心理辅导，我想知道怎么可以帮助小醒。

许久，小醒说：筱筱，我想喝酒。

我放下书，偷了我爸的几罐啤酒。小醒一口气喝了三罐，我瞪大了眼睛，看得惊心动魄。小醒居然有这么好的酒量。

那晚，小醒醉了，醉了的小醒一直喊段晨，他给她买流氓兔，他替她绑鞋带，他带她去唱歌，他为她打架……喊了一晚上。她的泪浸湿了我的枕头，也让我的心变得潮潮的。

小醒开始拼命地画画，她的画我看不懂，大多时候都是一个人的侧面，我看不到他的容颜，可我知道那是段晨。

小醒也变了，本来喜欢独处的她变得更加孤单，而我也开始为了高考奋斗，无暇顾及小醒的我，觉得自己背叛了她。

小醒的同学说，小醒从不和班级的同学主动讲话，而且脾气古怪，动不动就发火。

每当听到这些时，我总莫名的担心，可是，小醒已经不再和我说她的心事了。

直到高一暑假的一天，小醒开心地告诉我，她遇到了赵安。

赵安是我们隔壁班的班长，相貌很是英俊，且温文尔雅，虽然比起段晨还不够帅气，却待人温和。

小醒喜欢赵安，可是，赵安喜欢叶子，叶子是小醒的舍友。

小醒在赵安宿舍前等他的时候，赵安正在给叶子打饭，小醒在为赵安的生日买礼物时，赵安正在给叶子买发卡……

小醒不是不知道，她只是傻傻地以为，她的付出，他可以看到。

小醒追了赵安一个学期，直到高二寒假，小醒来找我，她依旧喝了酒——被段晨抛弃之后，她喜欢上了喝酒。喝醉了的小醒，没有再大喊大叫，而是用冰冷的声音告诉我：得不到那就毁灭！

我仍然惊心动魄地看着她，看着这个我不曾见过的小醒。

叶子来找我的时候，是一个夜晚。

叶子表哥来学校看叶子，有人举报，叶子卖淫，还带了一个男人来宿舍。

倔强的叶子愣是一句话也没说。直到校方叫来叶子的家长，表哥也来了。事实查明，叶子被人诬陷。

自觉惭愧的主任，不断地向叶子当局长的爸爸解释，一定会把诬陷者找出。

听完叶子的话，我忽而地就哭了，我不敢再去叶子的宿舍，我害怕看到让我恐惧的小醒。

我告诉叶子，是我举报的。

叶子睁大了她圆圆的眼睛：是小醒吧。

我求叶子，不要为难小醒。我求叶子，不要告诉赵安。

被我弄得很烦闷的叶子终于答应了我。

后来校方还是知道了，小醒被记大过，并留校察看。

我不知道留校察看是要看什么，我只知道成绩好了也许主任就舍不得开除啦。我开始督促小醒读书，告诉小醒不要一直画画，第一次小醒鄙视地看着我：你以为你可以解决问题啊，领导要的是钱。

我愣了愣，也许我是真的不懂，可是，在我眼里，单纯可爱的小醒是怎么懂的。

那天晚上，我在小醒宿舍等到十二点，她没有回来，叶子说，小醒跟一个男人走了。

急躁不安的我朝叶子大喊：你为什么不拦着她？

我很心痛，可我就是说不出话来。我一直坐在小醒的床上，直到她衣衫不整地出现在我面前，还未清醒的我被她一把抱在怀里。我们都哭了……

小醒说那一晚，她失去了最珍贵的东西。我没有问她，只是在她生病的日子悉心地照顾她。

浴血奋战了三个月，我终于成功地考上了南方的一所大学。临行前一天，父亲为我准备送别宴。我穿着米黄色的毛衣，身边却没了粉红色毛衣的小醒。

小醒的父亲喝醉了：一起读书的，小醒就是个草包……

我走过去叫了声叔叔，我不想听到他的咒骂，更不想让小醒听到。

送别宴一直持续到晚上，小醒始终没有出现。

夜里十二点，我坐在书桌前整理我们曾经复习的材料，我听到门外轰轰的汽车声，打开门的时候，我正好看到小醒爬出院子上了那辆车，我站在后面大喊：小醒回来，小醒回来……

喊得声音嘶哑，喊得全村的人都听到了……可是小醒没有听到，那辆汽车很快就拐出了村口……

上了大学的我，常常会想起小醒，母亲说，小醒去复读了。小醒还是有基础的。

我给高中的同学现在的小醒舍友打电话，问她小醒过得怎么样。

她愤愤地告诉我：小醒就是一神经病，整个宿舍都被她搞成了神经病。

有时候小醒一个礼拜都不回宿舍，有时候小醒半夜爬起来读英语，有时候小醒喝得醉醺醺地喊一晚上的人名，有时候又拼命地画画，不吃不喝，也不许别人在她面前吃喝……

我又掉眼泪了，好奇怪，长大了的我，却比小醒还变得脆弱。

大一回去，母亲说，小醒没有考上大学，去了一家饭店打工，我去母亲说的那个饭店，没有看到小醒，却看到一个猥亵的老板……

大二回去一个月，母亲没有提起小醒，直到临行，母亲才悠悠地说：去看看小醒吧，她刚从戒毒所回来。

我走进小醒房间的时候，她依旧在床上画画，听到我的声音，她用被子蒙住了头。

一幅一幅的画，我全看不懂，只是看起来很像令人恐惧的骷髅头。

我背对着小醒，尽量平静地说：小醒，去上艺校吧，学画画，我永远给你做模特，等我挣了钱，我们就办个画展。

良久，小醒冰冷的声音传了过来：这辈子我最恨的人就是你，你拿走了我所有的骄傲。

瞬间的惊讶一闪而过，我明白了所有，明白了小醒为什么不再跳舞，不再弹琴，不爱读书，不喜欢穿粉红色的毛衣，不喜欢写文章了……

每次她的付出都会在最后成为我的衬托，我拿走了她所有领域的骄傲，除了画画，除了段晨……

我泪如雨下，泣不成声：小醒，对不起。小醒，对不起。小醒，对不起……

那天晚上的我一定是傻了，只知道说对不起。我不知道，小醒的骄傲是在骨子里的，这种骄傲也是不允许我去夺取的，即使是最好的朋友，小醒也不知道，在她面前的我是多么的自卑。

走出房间的时候，我告诉小醒：我们不再是朋友了，永远也不是了……

我听到一声脆响，我知道，是那张照片：

米黄色毛衣的我，粉红色毛衣的小醒，我憨憨的抱着一个大酒壶，傻傻的笑。小醒小心翼翼地拿着一个小酒杯，脸涨得通红……

不要沮丧，不必惊慌，
做努力爬的蜗牛或坚持飞的笨鸟，
我们试着长大，一路跌跌撞撞，
然后遍体鳞伤。坚持着，
总有一天，你会站在最亮的地方，
活成自己曾经渴望的模样。

听说，最好的朋友就是
当全世界的人都觉得我是在小题大做时
她却懂得，我为什么哭得如此歇斯底里

怀念你，我的老朋友

小五是我年幼记忆中唯一的影子。我记得那年的夏天他把脸贴在窗子上看我，也许很多人都不肯相信——不满一岁的我记得他的样子。那时候，他是个大眼睛小胖子，整张脸贴在玻璃上面，鼻子扁扁的像一只小狗。

我想，看见他的时候，我一定是开心地笑了。

我上幼儿园的时候，小五已经是小学生了。

我记得他蹲在院子里的石墩子上面背课文，他记性不好，总是反反复复地背一句话："有些人死了，他还活着；有些人活着，他已经死了……"

很多年以后，我在自己的语文课本上找过这些文字，只是，始终都没有找到。小五的妈妈是个典型的家庭妇女，没什么文化，对小五总是骂骂咧咧的。于是，常常会见到小五的妈妈拿着个鸡毛掸子在后面打他，而小五蹲在一边抱着一碗面条呼哧呼哧地吃。偶尔，还会抬起头来看看不远处的我，嘿嘿地笑两声。当时，我很奇怪他为什么不哭，这个问题一直困扰了我很多年。我总觉得，小五就像是电视上的变形金刚，不怕打的。

小五对我很好，不像其他的大孩子，嫌弃这帮鼻涕还没擦干的小孩儿。那时候时兴玩玻璃球。就是在地上挖几个小坑，然后把玻璃球一个一个地弹进去。小五总是抓着一把玻璃球，自己留下两三个，然后把其他的都给我。虽然我最后总是输个精光，但我还是很高兴地屁颠儿屁颠儿地跟在他身后。

很多年以后，在我整理东西的时候，发现了抽屉里的几个玻璃球，拿在阳光下面看，晶莹剔透的，映着童年的往事。

唯一与小五处在同一个阶段的时光，是小学。那时，我刚上小学一年级，小五蹲在毕业班里等待升入初中。那段日子里我总是暗自欢喜，可以与他以一样的身份出现。但事实却与我的小算盘有了大大小小的不同。

我总是疑惑，为什么他的红领巾总是皱巴巴的撇在背后，只在胸前耷拉着小小的红色一角；为什么他的书包从来没有端正的背在双肩上，而只是挂在右肩上，晃悠悠的；为什么他的校服口袋里面会偶尔窝着一张被拙劣的字迹修改了分数的试卷……他却总是笑我，小孩子家家的关心那么多事做什么。

有一阵子，我和他窝在他的小屋里打游戏机，那种很早之前可以插卡的电动玩具，足以让我们消磨掉整个下午的时光。记得，彼时，我们狂烈的热爱着魂斗罗，可我总是跟在他后面拖后腿，小五有时会很生气地说，喂，你快点啊，要死了！我则总是大喊着让他等等我。于是，很多时候，电视机里的红蓝小人没在游戏里走多远，蹲在电视机前的两个人便打作一团了。

那时，电视里热火朝天的播着《机器猫》。放学后，我跟小五总是准时坐在沙发上等待那个蓝色的大脑袋家伙的出现，两人凑了钱买一袋小浣熊的干脆面。然后在仅有的四十分钟时光里，没心没肺地哈哈大笑。大人们总纳闷电视里那些有着一样的圆眼睛的小孩为什么能让我们如此开心。似乎这是每个孩子的童年时光吧，孩子们总有着大人理解不了的悲喜世界，单纯却爱憎分明的感情在这样复杂的社会里又有多少人还能拥有？

对机器猫的喜爱，致使我总是发神经似的突然拉开写字台中间的抽屉看是否会有个大脑袋的家伙从里面蹦出来。但往往只是失望的又把抽屉推回去。彼时，总是在想，是不是只有大雄那样的小孩才能拥有一只机器猫呢？然后就很难过地想，为什么自己不是个顽劣的男孩子。

很多个夏天的午后，阳光打在繁盛茂密的梧桐树上，那些细碎的剪影就斑驳的洒了一地。我在屋里写满一页方格字，便抬起头，从窗户里向外看。小五胖胖的身体伏在院中的石台子上，右手左右晃动着，不知在画些什么。有风吹过的时候，树叶沙沙地响个不停。我从屋里溜出去悄悄地趴在小五背上看他在做什么，小五却总能在我把脑袋探过去之前把画纸收起来。我笑他小气，他打着哈哈叫我回屋里学习。

小五升入初中的时候，我按部就班的在所谓的艺术学校里继续着优等生的生活。只是，小五渐渐淡出了我的世界，很长一段时间里，我没有再看见他蹲在院中的石台子上涂涂写写，也没在见过他一遍一遍地背课文。

他只是偶尔还会陪我坐在沙发上看机器猫咧着大嘴巴吃铜锣烧，却不再那么没头没脑地笑了。他不再能如痴如醉地看完四十分钟的动画，而是在我目不转睛地盯着电视屏幕时，悄悄离开。

一日，小五说要教我骑车，我高兴地应着出了门。我歪歪扭扭的伏在车上，无法掌握平衡，小五跟在车子后面，双手紧紧地抓着后座，跟我说他在我后面，要我慢慢来。而天生平衡感不好的我，还是从车子上重重摔下来。哇哇地哭着，像受了多大委屈似的，不肯再坐到车子上去。他只好作罢，一面笑我是吃不了苦的，一面又帮我拍打干净身上的泥土。于是，我终究也没学会如何坐在自行车上掌握平衡，小五也没再提及教我学骑车的事情。而后的一段时间里，我只负责坐在小五的车子后座上面，大声说笑。他则常对我说，幸亏我没有长成个大胖子，不然只是活活要把他累死。

彼时，尚不知时光会把我们带去何方，觉得成长必定是件幸福的事情。

于是，我竟以为初中生便是成年人一般再无人监管了。小五的妈妈一如既往的骂骂咧咧，小五却开始公然抵抗，我再没见他被打过一下，他似是恍然间变成了高大威猛的男人一般，眉眼间尽是不容侵犯的神情。而我，却不敢再跟在他身后讨几个玻璃珠玩了。

那段记忆对于我而言渐渐模糊，再记不起他究竟是如何长大的，是几时那个憨头憨脑的小胖子便消失了。时间仿佛只是在我搬了几次的住处，换了数季的衣衫和渐渐堆满若干纸箱的试题中溜走的。我甚至不记得，曾经居住的那处老屋是何时被翻修的，院中那方石台子是何时堆满了杂物的；还有在很多个夏天遮挡在头顶的那棵高大的梧桐是在什么时候被人砍了枝干，它孤零零地站在那里，沉默不语，我竟看不出它而今是生是死。

好像我是被时光抛弃了，在一年一年中规中矩的生活中，我还记得机器猫是如何打开任意门把大雄带回儿时的，而有一天再打开电视的时候，机器猫已经不再叫作机器猫了，人们把它称作，哆啦A梦；我还记得一块钱一包的小浣熊里面的水浒英雄卡，还有一张没有集齐，而有一天，商店的服务员告诉我小浣熊已经在市面上消失很多年了。我还在梦里，以为等自己按部就班地完成了学习的任务，小五还会趴在玻璃上看我，鼻子扁扁的大眼睛的小胖子，我其实已经很多年没再见过他了。

十六岁下了雪的冬天，我站在初中学校的门口，看见小五远远地站在那里，手中夹着一根燃了半截的烟。他戴着个黑色的棒球帽，穿了单薄的卡奇色外套，肥大的牛仔裤，裤脚拖拉在灰白的运动鞋上被磨的脱了线。我只是站在那里，无法动弹，周围很吵，雪大片大片地落下来，落在我的睫毛上面，很凉。小五看到我，把烟扔在一旁，走过来说，我来接你回家。

我坐在小五的摩托车后面，风很冷，刀子一样的打在脸上，很疼。

我说，你去哪里了？他没听见我的话，问我，你说什么？我说，没什么。

其实我很想知道，那样一段冗长的日子里，他去了哪里。我却始终没能问出口。我只是感觉，那一刻，我就在他身后，却似乎相隔了几个世纪那么远。

之后一日，小五找到我借一本书。我们走在路上，他从口袋里掏出烟来抽。他弯起左手挡着风，低下头来把烟点着。我看着他，说，我能试试吗？他突然停下脚步，皱着眉头看我。良久，把烟递给我。我学他的样子深深地吸了一口，然后呛得流了泪，却死撑着没有咳出声。他又点上一根，一边抽一边看我，没说话。我低着头，只是感觉局促。原来我无法一直追随他的足迹，每个人的路只能自己静静地走下去。

一直到我踏入高中的校门，小五都没再出现过。我常常怀疑他是否是我年幼记忆里的一个幻觉，没有这个人，没有曾经多少个夏天里的欢声笑语。

高中住校之后的日子里，见到小五的概率就像买彩票中头奖一样渺小。偶尔，我去老院子看望爷爷奶奶，总会问起他。老人往往一脸的气愤，然后无奈地摇摇头，沉默不语。

日子如往常一样的过着，我扎在大堆的试题和教科书里，纠缠在纷杂微妙的人际关系中。我的生活似乎注定了要遵循着这样一个枯燥无味却被众人报以希望的轨迹走下去，于是，渐渐的，我被那些镶嵌在时间里的一些琐碎却难以逃脱的事情包裹起来，就像一只被困在茧中的幼虫。变得目盲，失鸣。在看不清道路的黑暗隧道里独自摸索着前进，难以言表的孤独和恐惧只能默默隐匿在心里。我开始变得沉寂而独立，因为这样的形态足够用来在那些如海上漩涡般明明暗暗的人群间行走而不被卷入其中。

有那么一段日子，我以为我忘记了小五。只是行走在校园的林荫路上时，偶然抬起头来，看见阳光穿过梧桐茂密的枝叶，还能恍惚地记起老院子里的那棵这在头顶的老树。于是，我可以知道的关于小五的全部信息便只剩下了我淡淡的回忆。

这样的平淡而艰涩的日子一直到高一结束的那个寒假里。

新年的鞭炮声萦绕耳畔的时节，爷爷去世。

医院冰冷而狭长的走廊里，我看见小五。他戴着那顶黑色的棒球帽，穿了棕色的皮衣和肥大的牛仔裤。我走过去，站在病房门口，看见老人躺在白色的病床上，医生站在他身旁做着最后的抢救。一旁的监护器上红色的直线已经宣告了他的死亡。我眼睁睁地看着这样一个曾经鲜活的生命的消逝，没有任何征兆地突如其来的死亡。

之后便是充斥了哭泣声，打电话的声音，各样人进进出出，医生收走病房里的药品和仪器，床边散落了一地白色的医用药棉和废弃的注射剂玻璃瓶子……我只是满心的空白，面对死亡时，满心的空白。

我转过身看见小五，他低着头，我看不见他的脸。

翌日，老院子里挤满了人。我和小五待在他的小屋子里。他静静地抽烟，我坐在沙发上听到外面起起伏伏的哭泣声掺杂着远处的欢愉的鞭炮声，然后流下了眼泪。他走过来坐在我旁边，递给我纸巾，说，别哭了。

当死亡发生在这样一个欢腾的节日里，似乎一切都被卷入了一个奇怪的旋涡里。快乐的海洋中，我和小五坐在这样狭小的一隅，被世界静静的遗忘。

那晚，我问他，不能回到从前了吗？他看着我，许久，最后只是叹了口气说，有些事情，你不明白。我抬起头来看着他说，至少你自己的生活可以自己选择啊，你没有变成他们口中说的那样，对吗？他愣了一下，把手中的烟按灭。然后说，我选择不了，可是没想到你还能这样看我。我看见他眼里明晃晃的，然后走过去抱住他，说，我知道你没变，我知道。

他很用力地抱住我，没说话。

之后的日子又一如往常，我继续埋头在书山题海里，小五依旧如我预料的消失。然后，是一轮一轮的模拟考试，眼前充斥的全是成绩单和堆在桌上似长城一般的习题。夏天的明朗阳光，秋叶萎谢，之后是淡漠的冬，然后又是春暖花开……生活这样回环往复着。我觉得自己是一株安静生长的植物，一直向往着阳光最明朗的地方。小五则是我刚发芽时的那一阵风，风是不会停留的，我只是惦念那时的时光。

高考之后荒芜的夏天，我在街上闲晃。恍惚间，在一个街口看见小五。他并没有注意到我，于是，我这样看着他走远。

其实，我很想走过去跟他说，哥，我们回家吧。

我想要的未来，有房子住，不用多大，最好窗外有阳光；早晚有酸奶，一天能吃上一个苹果，有锅给我煮汤，偶尔能逛逛公园，一年能陪爸妈几次；有工作，有本，有单反，有书看，有歌听；朋友偶尔奔过来聚一次，偶尔能到处走走。这样，就很幸福了。

当你特别烦躁的时候，先保持冷静，或者看一部开心的电影，或者喝一大杯茶，或者去跑步，用健身的方式来发泄。而不要试图跟朋友聊天。朋友是跟你分享快乐的人，而不是分享你痛苦的人；不要做一个唠唠叨叨抱怨的人，从现在起，要学会自己去化解，去承受。

朋友是用来珍惜而不是占便宜的

1

久不联系的一位同事打来电话，说她朋友的妈妈最近情绪非常低落，她怀疑老人家抑郁了，知道我有位朋友是心理医生，想向那位朋友咨询一下，我在征求朋友的意见后，把电话发给了她，过一会儿她随口又问我：“向你这位朋友咨询，不收费吧？”

我压根没去想收不收费这件事，但心理医生提供服务，收取一定的费用，难道不是应当的吗？更何况，不是她自己的妈妈，而是她朋友的妈妈。

对这位心理医生来说，就是朋友的前同事的朋友的妈妈，这么远的关系，人家有义务免费服务吗？

我于是半认真半开玩笑地说：“当然了，我朋友很贵的。”

结果她说：“你怎么不早说？早知道这样，我就找别人了。”

“为什么我朋友收费就找别人呢？”我有点纳闷。

“收费的心理医生那么多，我为什么要找你朋友？七绕八绕的，还搭个人情。都是朋友嘛，简单问几个问题，还收什么费？”前同事抱怨道。

这话听着怎么那么别扭呢，噢，我朋友不收费你就向他咨询，我朋友收费就找别人，既然都是别人挣你的钱，宁肯照顾陌生人，也不照顾我朋友，我朋友难道得罪过你吗，还是一旦收费，就不再是“朋友”？说白了，想让我刷脸，免费沾我朋友便宜嘛。

“我无法代朋友许诺不收费，你找别人吧。”我挂了电话，其实我给朋友打个电话，简单说明情况，她肯定是不会收费的，问题我前同事的态度实在奇葩，这种忙我不想帮。更者，我这位朋友真的很忙，我都不好意思随便叨扰。

人家付出时间和知识，你享受服务，付费不是天经地义的吗？偏偏有人该出的钱不想出，以朋友之名勒索，简直是神逻辑。

2

这种人在生活中并不少见，平时不太联系，想起你来，不是“帮我个忙”，就是“借我点钱”，在他们唯我独尊的世界观里，“朋友”就是应当“为自己两肋插刀”的，朋友的朋友，也要义不容辞任自己使唤。

我一个亲戚，知道我闺蜜的老公在一所特别出名的教辅机构做老师，她家孩子是高考生，想请我闺蜜的老公给辅导两节数学课，让我帮忙联系一下。

我很乐意给他们牵这个线，闺蜜的老公也愉快地答应了。

结果第二天晚上，我这个亲戚打电话质问我：你朋友怎么还收钱呐？还狮子大开口，一节课四百。

我当时都诧异了，我朋友为什么不收钱啊？

“他不是你朋友吗，我是你姑，帮我娃辅导一下还要什么钱？”

我简直哭笑不得，其实这个亲戚是我表姑，就算她是我亲姑，我闺蜜的老公也没义务免费给她娃辅导啊。

更何况人家还提前和孩子沟通，问哪些方面需要特殊辅导，不但认真备课，还特意抽出时间上门辅导，连去带回四个小时，就算人家说了不要钱，但凡明事理一点儿，好意思不给吗？

况且那是高考前冲刺阶段，我闺蜜老公所在的教辅机构一堂冲刺辅导要收七八百，他收四百已经便宜了近一倍。

可这话我说不出来，我只是说：姑，人家大老远跑去给铭铭上课也挺辛苦的。

“我知道他辛苦，所以打算请他吃饭啊，结果他说下午还有安排，还问我冲刺课打算上几节，一节课算四百，你这什么朋友啊，趁早绝交。”

这时我已经不想和她说话了，付出劳动得到报酬连《劳动法》都保护好吗？这年头，谁缺你们家一顿饭啊？

我这个表姑要继续和我讨价还价，我于是说，这次钱我出，你不管了。当然，以后我这个姑的事儿，我也不打算管了。

我特别不理解他们的心态，我觉得找朋友或者熟人帮忙，应当是出于信任，而他们找朋友介绍是为了“便宜”或者“免费”，用得着就“咱哥们儿没得说”“朋友嘛，没二话”，用不着，就老死不相往来，就这种态度，谁愿意做你的“朋友”啊？

3

最好玩的是，我偶尔和一个姑娘聊天，提到我们共同的一个朋友刚发的朋友圈，这姑娘说她没看，因为这个朋友最近做微商了，她嫌烦悄悄设置了“不看他的朋友圈”。

如果我没记错，她屏蔽的这个人前阵子还因为她家小孩儿上学的问题出了不少力，用得着就去求人家，用不着嫌人家做微商屏蔽，就这种“用人朝前，不用人朝后”的态度，我真的很担心她渐渐地会没有“朋友”。

说白了，就是把朋友看得太“轻贱”了，不懂得珍惜这份情谊，随意踏践。真正珍惜朋友的人，对待朋友的态度断然不会这样。

我记得有一次，看到一个朋友在圈里发南红的广告，就问她是不是在卖南红？

她说，没有，朋友的。那是我们共同的一个朋友，我随口问她，她让你发啦？

这位朋友说没有啊，我从她那儿买了一个手串，感觉成色非常好，就主动帮她宣传一下。坦白讲我就做不到这一点儿，我会买朋友的东西，但一般不会主动帮忙发广告，我关心的方式偶尔问一下她最近生意怎么样。

友情就是要这样，投之以桃，报之以李，你敬我一尺，我让你一丈，这样感情才会越来越深，而那种总想着沾朋友便宜或者让朋友提供免费服务的人，路必定会越走越窄，朋友也会越来越少。

想要关系更好，觉得必须把朋友看得“很贵”，而不是很廉价，只有把朋友看得“贵”，才会特别珍惜。

最难过的，莫过于当你爱上一个人，却不可能在一起，或迟或早，你不得不放弃。世上最远的距离，不是爱，不是恨，而是熟悉的人，渐渐变得陌生。朋友也好，恋人也罢，你若不真心对我，我何必真心待你。我态度好坏，取决于你怎么对我。珍惜也好，不珍惜也罢，如果哪一天你把我弄丢了，我不会让你再找到我。

人和人刚相识时总习惯把最好的一面呈现给对方，相处时间久了各种缺点渐渐暴露出来，对方把你看得透透的却依然不嫌弃你，那就是朋友了。你的脾气会赶走很多人，也会为你留下最真的人，好好珍惜那些真正对你好的人，不要让他们渐渐从你的生活中消失，无论爱情还是友情，不去经营，都会形同陌路。

时间不会改变真正的友情

我们很少有真正的朋友。

时间最能说明这个问题。所谓“真正的”必然经久不衰，永垂不朽，而事实上，越是你自以为是的友谊，往往不得善终。古人云，君子之交淡如水，小人之交甘若醴，不无道理。我们大多数做不了君子，就干脆做个小人，我们总觉得淡如水的不是友情，只是过场，一定要酒肉相欢，觥筹交错，才能算彼此交心，酒后吐真言，天马行空，说天道地，谈笑风生之后，就是人去楼空，等到某天突然翻起手机，才想起，好像好久没有和他联系过了，以前我们也很欢快地吃过饭喝过酒唱过歌，但是，也仅仅如此而已。

阿夫和我喝酒的时候吐槽道，他妈的毕业后就找不到一个值得深交的朋友。那天阿夫刚刚被办公室的同事“陷害”，一封打错数量的邮件在全公司被转发，始作俑者虽然匿名而行，但是世上没有不透风的墙，三三两两茶水间一说，阿夫自然都听在耳朵里。

那天阿夫问我，踏入社会之后，真的就不能像念大学时候那样洒脱地结交朋友了吗？我说，这个也不是啊。

像我这样，混在各个圈子里，三教九流都认识一些，也有志同道合的人，也有相见恨晚的时候，但要说感情纯粹，或多或少，自然不如当初。阿夫顺道问，世上有没有高品质的友谊，有没有真正经得起时间折磨的朋友？我说，有。

上个月，一个写作圈的朋友约我去无锡看樱花，我们走在洋洋洒洒的樱花大道上，突然怀旧起来，朋友问我，我们到底是怎么认识的？我竟然无言以对。我们是怎么认识的呢？说起来真的是一点也记不得了，写作的圈子原本不大，你写几篇东西，我写几篇东西，只要笔耕不辍，总归都能知晓彼此的存在。虽然不记得彼此相识的滥觞，却依旧能够记得大致的时间，细数起来也有七八年了，弹指一挥间，不过尔尔。

当时我们坐在太湖边上，朋友突然说，那时候结交真的很纯粹啊，好像欣赏对方的东西，交谈几句就很容易成为朋友，现在的话，好像觉得没有什么利益可获，就干脆不要认识了。现在真正交一个朋友，还真难。

这句话一下戳中了我的心。

上大学的时候，寝室兄弟的友谊最纯粹，一个人失恋伤心，寝室的人都要围着他转，一个人家里出了事，寝室的人肯定第一时间在背后呼动全班来支持，一个人交了女朋友，寝室几个哥儿嘴上调侃几句，实际上却打心底为他祝福，一个人受欺负了，全寝室提起扫帚拖把立马就冲锋陷阵去。

那时候的友谊不计成本，因为没有利益。

我有一个很好的朋友，是睡我下铺的兄弟，我们好到心里几乎不藏事儿。下铺兄弟暗恋一个女生的时候，我在背后帮他出谋划策，后来全寝室就我单着的时候，下铺兄弟想方设法帮我介绍女朋友。外婆患重病的时候，我在寝室闷声哭，下铺兄弟提起酒，当天晚上陪我喝通宵。下铺兄弟学费不够，嘴上不说，班长催了几次，我直接取了半个月生活费支助他。

毕业之后，下铺兄弟回了老家，我给他写了个故事，网上反响很好，下铺兄弟看哭了，回头来找我，说，有空去他那儿看看，好久不见了，心里惦记着。

这种友谊，出了社会并不是没有。

上班之后，和我交好的同事也很多，我们一起进公司，一起学习，一起努力，在各自的部门奋斗，即使工作时没有交集，但遇到不公平的事儿也会一起吐槽，一起抱怨，遇到开心的事儿，一起疯闹，一起捧腹大笑，有时候几个人在上海街道摇摇晃晃找不到回家的路，有时候一边骂着工作一边说第二天干脆翘班看领导奈我们何，后来走的走了，散的散了，辞职的辞职了，但是谁发一个朋友圈状态，立马还是能看见一群旧人点赞，嘘寒问暖，调侃的调侃，吹嘘的吹嘘，打打闹闹，不亦乐乎。

这并不比大学时的友谊差。但时间终归要跟我们算一笔账。

临近毕业季的那些日子，晓慧喝得醉醺醺地和我说，等我结婚那天，天涯海角你都得来，你不来，我婚就不结了。不管事后再去追究那是真话假话胡话酒话，在那一刻你已经没有退路，信誓旦旦地说，必须来，还要送你小汽车！上课一起聊天，下课一起搞活动，毕业论文分到一个组，洋洋洒洒的四年青春换的一次赌注，最后等着两眼落下的倾盆大雨来见证。

而毕业后的第三年，晓慧结婚，发来邀请，事务繁忙，无力抽身，电话中充满抱歉，信息里带着感伤，当初的信誓旦旦早就被时间吞得一干二净，估计去不了了，真的抱歉。

晓慧在朋友圈里晒小汽车的照片，当初说好的人不来了，小汽车也觉得孤单。看着这些话，心里难过得一塌糊涂。

同样是结婚的事，因为远走他乡，儿时的伙伴儿一个个步入殿堂，小胖打电话来说让我去做主持人，听到消息受宠若惊，这种婚姻之事不敢随便当作儿戏，我连连摇头拒绝。小胖说，思来想去，就你最合适。初中高中加起来六年，认识这么久，你无非是不二人选。但是，最终却因为路途遥远根本没有办法参加对方的婚礼，请柬上有力的几个大字，让这份诚意显得更加萧条。

我和阿夫说，过去的友谊越珍贵，现在的你越容易辜负它，反倒是轻描淡写的友谊，才无所谓伤害与辜负。

后来没多久，阿夫辞职和好兄弟创业，想着情投意合才会有城下之盟，两个人过着苦日子，畅想着美好的明天不断给自己精神注射鸡汤，然而事情并没有他们想的那样容易，日子一久，就有了分歧，当初的默契渐渐被现实消亡得一丝不剩，不成功的背后，是彼此走得太近，缺点瞬间暴露全无，只得一拍两散，相忘于江湖。

阿夫手里没钱，我请他吃饭，阿夫说，果然什么兄弟友谊都是他妈的扯淡，在利益面前，谁都不敢向感情俯首称臣。我说，不是利益破坏了友情，而是距离摧毁了你们。

阿夫咬着鸡腿看着我说，周，不会有一天你出名了，就立马翻脸不认人吧！苟富贵，勿相忘啊！我哈哈大笑道，我才不是那么虚伪的人。

我和阿夫说，我们真正的朋友，是要把他从时间里抽出来看的。如果把感情放进了时间，最后就会被搅拌得变成碎片。你总会说，我们都认识那么多年了，没想到最后居然是这个样子！其实，认识多少年，和最终能不能成为长久的朋友没有半毛钱的关系，不是时间改变了你，也不是时间改变了他，是你故意要让时间成为元凶，其实时间只是一个旁观者而已。

我们往往因为某个契机对对方产生好感，交谈的话题，美貌的容颜，高高在上的地位，和颠倒众生的才华，但是这些吸引你的东西，只能让他们停留在美好的阶段，才能让你继续对它产生好感。

我最好的朋友，可能并不是和我交往了十几二十年的人，也可能是，但这与时间真的没有太多关系，真正的关系在于，我们永远都在和彼此诉说着自己的人生，却从来不会成为彼此话题中的一员，我们永远都在各自的世界努力，却极少走在对方的道路上干涉彼此的生活。我们没有共同的利益，但却有共同的喜怒哀乐，我们会把自己的人生之道变成对方精神慰藉的营养食粮。

我和阿夫认识的这些年里，总是在他心情不好的时候出现，喝喝酒，吃吃饭，偶尔打一通电话，说说一些自己生活的美好和难堪，但是他的朋友圈里没有我认识的人，我的朋友圈里，他也一个也未曾见过。

我问阿夫，毕业后和多少朋友还见过面，阿夫想了想说，应该不超过五个。

那天上海下着雨，我和阿夫坐在徐家汇附近的咖啡馆里，从窗户望下去，几个穿着校服的男学生，彼此追打着，我说，当初的我们，现在的他们。

阿夫说，想想，我还真的有一两个非常要好的朋友，很久不见面了，但只要一打电话，就可以聊很长时间，有时候搞不懂为什么。

我说，阿夫，其实我们真正要好的朋友，就是那些不会参与我们人生的人，他们永远站在旁观者的角度看着你，关心你，提醒你，但是却绝对不会走进你的世界，成为你道路上齐头并进的人。

根据物理学上的平衡位置来说，两个物体之间总有一个平衡位置，斥力与引力均为0，好比人与人，太近会排斥，太远会走失，永远不要去怪罪时间，不要以为离开学校，就再也没有纯粹的友谊。反倒是你极力要参合进去的感情，最终都会一败涂地。

你要知道，你不会有那么多的好朋友，但你总归会有几个知心人，不要贪婪的以为全世界都喜欢和你结交，因为每个人的心只有那么大，那些住在你心里的人一般不会走，除非你要腾出空间给另一个人，高品质的友谊不是不存在，而是你要明白，不要随意参与别人的人生，做一个旁观者，就好。

走得越远，心就会越宽，见的人越多，世界就越大，书读得越多，越懂得包容。人要学会谦逊奋斗和探索，才能在旅途中看见更美的风景。

或许再见面时 我们不会再有埋怨 只是像许久未见面的老朋友淡然处之 一点点聊起那时我们的冲动 遗憾与青涩 把所有酸楚都扔进时光的垃圾桶 调皮一般的在你耳边撂下这样的话 如果真的能够重来一次 我还会选择你

他们并非过客而一直是陪伴

一直以为，有一些人就算再好，如果不能陪我走完人生的旅途，那他们，就是过客。而那些称之为过客的人，注定要渐行渐远，直到最后被彻底遗忘在某个记忆的深处，再也看不见。渐渐的，我发现我的这种看法是错的，那些曾一度称之为朋友的人，不是过客。

1

那天是愚人节，在家闲的无聊，打开QQ分组，本想找一个人“愚”一下，看着一个个逐渐陌生的名字，不知道该怎么做，最后随机选了一个大约很长时间，长到接近两年都没有联系的朋友，确定目标后，打开了聊天窗口，几经犹豫，终于用键盘迟钝的在会话框上打了两个字“你是”。

“你真不知道我是谁？”那边很快恢复过来。

“恩，你是？”我接着进行我的愚人游戏。

“好吧。”两个字结束后，那边就再也没有了回复。

“问你是谁，你怎么不理人啊，我删人了啊。”大约过了几分钟看那边迟迟没有回复，我沉不住气了。

大约又过了一会儿，收到了对方的邮件，打开一看，那里面姓名、性别、联系方式、兴趣爱好……我能想到的，以及我想不到的都发了过来，个人资料介绍得很详细。

“我只是要一个名字，有必要搞得那么夸张吗？”

“有必要，你现在用的那个号是我一个好朋友的，只要你不把我从她的分组里删除，说什么我都答应。”那边以极快的速度传来一段文字。

看了这几句话，当时蛮感动的，本来就想过个愚人节“愚”一下，却没想到一个偶然，却懂得了“朋友”二字的真正含义，时间不是问题，距离也不是问题，只要心中有彼此，还记得曾经有这么一个人，这么一段友谊，都双方来说，都是莫大的美好。那一刻，他还记得我，我却快要把他从我的记忆中删除，多少有些惭愧。

“兄弟，愚人节快乐！另外别指望我会把你删了！”打上这几个字后，感觉曾经的那种记忆又回来了：曾经一起满校园狂奔，曾经一起看蚂蚁搬家，曾经一起骑着单车回家……我不能忘记他！

2

记得那是一天中午，吃过午饭后，闲着没事玩手机，背背朋友的手机号，看到有几个陌生而又熟悉的号码，想想那些人，现在也差不多把我忘干净了，心想，没太多联系的人，就删了吧。删到一个人的时候不小心错按了，电话打过去了，我又急急忙忙的扣上了电话，想着，没准人家早就把你忘了，就算没忘，也差不多了，打给人家，又要说些什么。我悻悻地删了那个手机号，便关机睡觉去了。

我是被一阵急促的敲门声吵醒的，打开门的那一刻，我着实吃了一惊。那个我偶然拔打出去的电话的主人就站在我的面前，大汗淋漓，旁边还停着一辆自行车，显然她是赶路来的。

“有事吗？出什么事了？”我看着她满头大汗的样子，带着满脸的疑惑。

“不应该是我问你吗，你给我打了个电话我还没来的接你就挂了，打了好几个电话你都没接，我还以为你出事了来着”。她边用袖子擦着脸上的汗，边气喘呼呼地对我说。

“就是因为这个，这么简单？”我惊奇道。

“最近看你空间里个性签名太过忧伤，本来就担心你，你又给我打了电话，记得以前你受委屈的时候走回打电话和我说，这回还没接你就扣了，我怕你想不开……”

“我没事，真没事，进来坐坐吧。”听着她说的话，心里有点莫名的感动，却发现早已把人家晾在外面好久，急忙来了句。

“不了，看到你没事我就放心了，家里还有事，我先走了。”说罢，骑上自行车，匆匆忙忙地离开了。

看着她远去的背影，心里觉得酸酸的，却又甜甜的。打开手机，看到那几十条未接来电，我重新郑重地把她的号码放到朋友的分栏，同时也把她这个人放在我的心里。这个人，不能忘。

这是两则真实的发生在我身上的故事，他们改变了我对“朋友”二字的理解，让我正确认识什么是真正的友谊，什么是真真正正的朋友。我清楚地明白，他们不是我生命中的过客，他们只是换了一种方式在默默地陪着我走下去，他们一直在，他们一直关注着我的喜怒哀乐，而他们是我生命中最不容许忘记的人，他们就是朋友，一生的朋友！

多么想念以前的朋友 新朋友虽然也好 但是自己已经没有心力再去磨合包容一切 也不愿敞开心扉跟人深交 觉得跟人相处好麻烦 老朋友虽然距离有些渐远 可一聊天 那种熟悉感亲切感都能让人鼻酸的怀念

现在越发觉得，遇到那些能相处的舒服聊天聊得来，彼此之间坦荡不计较，把你放在心里而不是做表面功夫的那种朋友，真是一种莫大的福气。如果有，我们都要珍惜。

你我各忙碌，但并不妨碍我们是最佳朋友

1

我有点想你。在恰好可以换上t恤短裤欣赏远山夕阳的初夏傍晚，收到了一封来自春天的信，整整五页信纸，写满了三月的故事。

寄信人是已两年没见面的老友小鱼，一个敏感而倔强的姑娘。

她在信中说：“最近朋友圈又多了几对秀恩爱虐狗的情侣，才想起我们已经过了谈个恋爱都要偷偷摸摸的年纪，还记得18岁那年你曾拉着我说：‘一不小心我们都来不及早恋了’，是啊，都来不及了……”

她说，不知道你最近过得怎么样，有没有写作，有没有发文，有没有外出赏春，有没有什么烦心事，学业怎么样，对未来可有规划，梦想可还坚持，当年三缄其口的少年如今是否还是心头上的一根刺?

一封长长的信，絮絮叨叨地说了一些生活的琐事，好的坏的，委屈失落，骄傲惊喜，通通都跟我一一道来，末尾却只写了五个字：我有点想你。

曾经朝夕相处的朋友如今各安一方，各自忙乱。许久不曾联系，却还是惦记着你的近况，关注着你的生活。

就连琐碎的故事讲到最后也不过是想跟你说一句，我好想你。

想知道你最近的喜好，想分担你不愿跟别人说起的烦忧，想知道当年那个不可能的人你放下了没有，更想知道这些年以来，你有没有再遇到能让自己怦然心动的人……

千万万语不过想问一句，嘿，好久不见，你有没有兵荒马乱的故事，要跟我讲述？

2

想念从来就没有声音

这些年，我发过文，写过推送，收到过粉丝来信，想过要出书，接受过媒体采访，认识过一些很特别的人；与此同时也受过委屈，遭遇过不公，经历过人情冷漠，看见过世间丑恶……

并不是不愿倾诉，而是想倾诉的时候你们全都不在。不在此时此刻的我身边，也不在同时同刻的手机那头。就像人间蒸发了一样，查无此人。

太久没联系，发微信过去总是得不到秒回的信息，似乎时空的遥远会阻断信息的传达一样。我今晚发的一句“想哭”，你明晚回我一个“抱抱”，却已经再也达不到安慰的效力。即使后面再追问一句“为什么”，也只会收到漫不经心的“没事”。

偶尔想提笔写信却发现完全没有思绪，分别太久，彼此的故事都更新换代了好几回。

我不知道陪在你身边的都有哪些人，我也叫不出他们的名字，我很害怕不小心问你一句“xx现在还经常给你寄零食吗？”，会收到你讶异的回复“我都已经跟他分手一年多了”。

很多想说的话却无从说起，很多次点开联系人列表想打个电话过去，最后却还是摇摇头告诉自己算了，也许你正在忙着也说不定。身处不同城市的我们，中间隔了千山万水，我终究无法越过层峦叠嶂去感受你此时此刻的喜怒哀乐。

于是久而久之我便习惯了自己一个人，即使孤独、脆弱、不安，也觉稀松平常。不管如何想你，总归波澜不惊。

3

我很想和你见上一面

渐渐地开始明白，这世上不存在与自己一模一样的另一个人，而未知的前方却总会出现无数的分叉路口，志向不同趣舍万殊，原先一起的那些人也就慢慢走散了。

是的，途中一定还会拥有新的伙伴，但那些一开始陪伴在你身边的人已经慢慢地从你的人生中退场，悄悄地从主角之一变成了互不相扰的路人乙。

只剩偶尔想起时突然的一句：“嘿，最近过得还好吗？”

但这些并不能改变我们曾经彼此相爱的事实。是啊，我们也曾有过一段形影不离的日子，只是白驹过隙，岁月流离，这段路我也就只能陪你走到这里，没有我参与的以后你一定要更坚强独立。

展开一张信纸，提笔写下回信：

“想和你见面，想抱一抱你，想跟你说我好累，想说坚强独立真的很讨厌。想拥有一个自然醒的早晨，可以悠闲地追完一部剧，就着咖啡。想买一个漂亮的盘子，可以摆上喜欢的食物。想买一盏橙黄的台灯，照亮悬挂的明信片，然后在这温柔的夜里写一封信给你，告诉你我想和你见面。

“亲爱的小鱼，这么多年不见，你是否已经学会和这个不那么美好的世界和平共处？是否受到了命运的眷顾，还是提前见识了世间险恶？

“是的，一切都会过去，日子坏到不能再坏时就会慢慢好起来的。

“而我，也在这平常琐碎的生活里，学着去热爱这险恶的世界。

念安，我也很想你。”

4

各自忙乱，互相挂牵

最好的友情便是，即使时间荏苒，你我天各一方，为了梦想各自为战，为了生活各自忙乱，我也依旧记挂着你的现状，随时虚位以待你的倾诉与分享。

哪天你我都有空了，不妨煽情说上一句：

我很想和你见上一面。

我定飞蛾扑火。

真正的好朋友，互损不会翻脸，疏远不会猜疑，出钱不会计较，地位不分高低，成功无须巴结，失败不会离去。奋斗的时候搭把手，迷茫的时候拉一把，开心的时候干一杯，难过的时候抱一下。

CHAPTER

04

光芒万丈

青春不歇

你那么怕输，又怎么可能赢呢？有一种薄脸皮自恋者，他们压抑、害羞、担心自己做不好，一旦技不如人就觉得世界都是灰色的。相比树立信心，更建议你承认自己有缺陷。是的，你没那么好，那又怎样？谁不是在无数次的失败后，才找到通往成功的路。

别对自己太仁慈了，不然你很难成功

在多年的咨询工作中，我听到了许多人的抱怨。他们活得很不开心："为什么这个世界对我如此不公平呢，给我制造了这么多的烦恼，无穷无尽的问题总是接踵而至……我的生活看不到半点希望！"对人生充满迷茫的人们拥堵了我在洛杉矶和华盛顿的办公室走廊。寻找答案的人是如此之多。

我说，没错，真实的世界是残酷的。但是，究竟是什么事情让你们如此不开心、颓废、一蹶不振呢？他们说原因有很多，家庭压力、情感困惑、同事倾轧、老板冷酷、朋友疏远……每个人都有一大堆的问题。好像他时刻会被欺负，满腔的委屈无法倾吐，满腹才华也无法施展，注定只能做一个窝囊且失败的人，就像咸鱼一样翻不了身。

如果一个人终生只能活在这样的状态中，可真悲哀啊！但是，绝大多数人不是都遭遇了类似的问题吗？当你愁眉不展时，或许别人也在彷徨无计。那么，为何别人能够突破重围走出困境呢？

由此可见，这些问题并不是真正的障碍。遇到问题并不可怕，重要的是，你一定要让自己每天都清醒地活着，还要不断反思："我到底哪里做得不够好？我是否在许多地方都纵容了自己？”当你开始积极地反省并且勇敢地驱逐内心的软弱时，我相信你就已经开始打开了一扇走向乐观和靠近成功的大门。

我一直认为，那些可以成功的人，他们为自己装备了三颗心脏。

一颗是健康的心脏：健康就是将问题掐灭在萌芽状态。面对自己的错误，不逃避、不推脱，随时发现，随时解决，决不懈怠。

一颗是好战的心脏：好战代表了强大的勇气，也意味着拥有坚强的意志。无论遇到何种难关，他们都不会望而却步，而是奋勇直进，接受挑战。他们永远斗志昂扬，即便被现实碰得鼻青脸肿，倒在了冲锋的路上，也能立即起身卷土重来。

一颗是宽容的心脏：宽容能让你海纳百川，大度豁达，能包容更多的人，消化更多的事。它会协助你养成合作互利的习惯，并打下坚实的人脉基础。

这三颗心如同三台动力十足的发动机，紧密协调，高效运作，激发出人们全部的潜质，释放出人体这辆汽车全部的能量，突破路面阻力的限制，发挥出最高水平以极致的速度往前冲。所以，有三颗心的人，是懂得“逼迫”自己的人，也是距离成功最近的精英群体。

当初，我在内地读了一所被人们讥讽为“毕业只能去摆摊”的大学，然后就真的去摆摊了——我毕业后曾做过一段时间的化妆品销售。父母对此相当反对。他们从我进入校门的那天起就在为我的前程担忧，一直在绞尽脑汁苦思良策，总希望我能进一家待遇优越的正规单位。

“就算暂时找不到工作，你也不能去卖化妆品，这不但浪费时间，还会让人家笑话。”热心的亲戚们纷纷来劝导我：“维文，去做点有出息的事吧。把化妆品销售的工作辞掉，去国企应聘试试，别让人看不起。就算一时半会去不了好公司，也可以在家里待一段时间，说不定过不了多久就有好的机会了。”

我坚定地对他们说：“如果什么都不做，纵容自己坐吃山空，一味在家等着好机会主动找上门，那才是让人鄙视的行为。”

做什么不重要，聪明与否也不是问题，关键是你敢不敢对自己“狠”，能不能狠到实处，狠到点子上。一个拥有人生大志向的人，他会愿意从最不值一提的事情做起，在每一个微小的细节和不起眼的事情上严格要求自己。他会慢慢积蓄能量，直至突破自己，超越大众和世俗的观念。而这就是那“三颗心”的本质体现。

在这个信奉丛林法则的世界，如果你没能具备这三颗心，不能对自己狠一点，就一定会沦为强者的垫脚石。当被人踩在脚下时，你的抱怨和哭泣有用吗？只有一个作用：告诉别人你是弱者。做弱者还是做强者，都是你自己的选择。每个人的命运都紧紧地握在自己的手中，总有一天，你的努力一定会换来相应的回报。但如果你始终抱着侥幸的心理，一味地纵容自己，并试图少做一些努力，那么你得到的回报就会相应地少一分、十分乃至百分。

我们常常会听到这样的抱怨：“你看，我挺努力的呀，怎么就是看不到半点回报呢？我想当主管，想加薪，希望步入中产阶层，买车买房……我每天都起早贪黑，把每一分每一秒都献给了工作，完全抛弃了属于自己的时间，累得就像一条狗，可我的理想怎么还是实现不了呢？”

原因有二：第一，你努力的方向不正确，从一开始你的目标就定错了；第二，你努力的时间不够长，对自己还是不够狠。

有位毕业于麻省理工的华裔曾对我说：“李先生，我对自己挺狠的啊，怎么始终没能成功呢？”他对我讲述了自己的经历，在两年多的工作中，他沉醉于搞阴谋诡计，在这方面他的同事没人比他强，他将职场变成了一出精彩的“后宫”争夺大戏。然而，这并不是我倡导和鼓励的“狠”，而是一种带有强烈功利性的且有损于自身形象的手段，它不但不能帮助你成功，反而加快了你被世界淘汰的步伐。

“对自己狠一点”，这里所说的真正的“狠”是什么呢？就是对自己高标准高要求，激发潜能，理性规划，并且在执行人生规划的同时，要有过人的意志力。我们既要做一个谦谦君子，又要成为一名熟练的猎人，在奋斗打拼的过程中保护好自己。

这就是成功者必须具备的素质。

我们在自己身上会有许多私密的发现，其中有一些定是你不愿接受的——纵容、懒惰、自私还有逃避现实。正是这些像毒瘾一样难以去除的痼疾使大多数人无法正视自己的人生，每当谈及他们的失败时，他们总是强烈的辩驳：

“我本人没有问题，责任不在我的身上！”

“是我太仁慈了，你知道，我是一个好人，所以难免会让人算计！”

“为什么你要批评我呢？难道看不见那些蠢货对我做了什么吗？”

有一次，我在奥斯汀的分公司面试了一个毕业于哈佛商学院的年轻人。他跟我说自己在以前的公司是何等的辉煌，做出来多少惊人的成绩，老板如何器重他，总之一直在向我诉说他是一个完美的人才。

我问他：“你在那个公司多久了？”

“哦，三年，确切地说，是两年零九个月。”

“为什么要离开呢？”

他马上开始倾倒苦水——他对公司做出的贡献和应该获得的功劳和职位都被一个后晋之才抢走了，而这个人还是他的朋友。

“那个人到公司多久了？”

“只有一年。”

“你这个工作了三年的前辈，如何会输给这个刚来一年的新人呢？”

他始终没有正面回答我的问题，只是满腹牢骚，“不服气”的愤慨之情写在他的眉宇间。我知道，他始终不认为自己在这次失败中有半点的责任，要怪就怪那个不讲义气的家伙抢了本该属于他的东西。但是殊不知，他的这种看不到自身缺陷的表现正是他失败的原因，也是许多人在残酷的社会竞争中出局的根源所在。

一些人的问题就在于，面对别人的优点不屑一顾，面对自己的缺点却常常无意识地逃避。他们只想对别人狠一点，总以最苛刻的目光审视着身边的人，并且去评判周遭的环境，却不懂得给自己一面镜子自审，通过严于律己来达到目标。

如果你曾经或正在面临这样的生活状态，你处处碰壁，工作长期不见起色，人际关系一塌糊涂，你既感受不到工作的快乐，也享受不到生活的愉悦，内心痛苦迷茫。那么，这本书对你来说，就具有了一些参考价值！这是一本让你从今天开始就对自己狠起来的书，而且它也是一本帮助你从容地面对今天这个无情的“森林世界”的生存教材。

根据本书的指示，只要你迈出了第一步：对自己狠一点。那么，你就离成功近了一点！

等我都准备好了再说，这是句中看不中用的话：等我都准备好了再上班，等我都准备好了再开店，等我都准备好了再结婚。很多事不开始做，根本不知道该准备些什么。都准备好是永远不存在的状态，再怎么等，也没办法都准备好的。接受这个真相，应该会比较有勇气面对生活。

也不知道哪来的自信，一天不好好学习无所事事的但总感觉自己有一天会赚大钱，而且这种感觉还异常的强烈！当你的才华还撑不起你的野心时，那你就应该静下心来学习。当你的经济还撑不起你的梦想时，那你就应该踏实地去工作！

该好好学习的时候就别光想着赚钱了

从一个故事开始吧。

我的一个师妹，高考分数很不错，考进了人民大学经济系。人大的经济系，无数学经济的学子们梦寐以求的地方，她考上了。

大一那年，她嫌自己穷，又不想找爸妈要钱，于是找到我，说让我给介绍一个赚钱能兼职的活。

我说，你想要什么活？你能教四六级吗？我能给你找培训机构让你兼职。

别在最该学习的时光里赚钱

她笑了笑说，龙哥，我还没考过四六级呢！

我问，那你能教什么？

她说，我能教高中以下的，毕竟我高考分数在那里摆着，就是没资源，你赶紧给我想想办法。

我找了一家专门做k12教育的培训机构，对方看了她的简历，同意她入职，入职前，我打听到她高中自费出过国，家庭背景不差，和一般人一样，不穷不富，所以我不太理解她为什么要赚钱。后来她跟我说，就是想赚点外快。

我点点头，看着她入职，第一个月，她通过接课、修改讲义赚了三千多，几个月后，她请我吃饭，饭桌上，她开开心心地告诉我：这钱可都是自己赚来的，都不是父母给的，而且因为她这半年课上的不错，领导准备跟她涨工资。

我深知备课不易，两个小时的课背后至少付出十个小时的努力，我问她，那你还有时间学习吗？

她说，那些不重要，你看我们同学，有多少像我这样能自给自足的？

我继续问，那，以后当个老师这样的生活是你想要的吗？

她说，当然不是，我是学经济的，以后一定会去投行或者做投资，这才是我想要的。

我说，那你钱赚的差不多就行了，该辞职就辞职，别恋战。毕竟这不是你想要，别花太多时间在这上面。

她点头。

后来，我发现说的这句话没用，因为领导很快给她涨了工资，金钱的诱惑下，她继续开始兼职赚钱，一兼职，就兼职了三年。

每天，她大多数时间全部在工作，只有少部分时间出现在课堂上和图书馆里，慢慢地，输出时间占据了她大部分生活，输入的时间寥寥无几。到了大三下，她已经一个月能赚到5000多。

可是，虽然如此，但她在最该学习的时间里，选择了赚钱，每天看似忙碌劳累的生活，却最后的毁了自己。

毕业那年，她的同学都去了香港、美国、澳门，去了跟经济有关五百强企业实习，她告诉我，没有公司要她。

我问，为什么？

她说，她们都有一些证书和经历，而我没有。

我说，你为什么没有？

她挠挠头，好像不好意思讲原因，或者想告诉我这还不够明显嘛？然后，她胆怯地说，现在准备还来得及吗……

那几年，同学们都在疯狂的学习，使劲儿的泡图书馆，能考的证书，拼了命也要准备，而她，早出晚归，虽然赚了很多钱，却在大学四年连最基本的四六级都没有参加。

看似努力地生活，却毁掉了大学四年。

后来她没有在毕业进入梦寐以求的投行，只是继续在她大学四年一直兼职的地方办了全职，我以为这就是她想要的生活，后来我遇到了她几次，她想让我帮她找个其他的单位，可是她该考的证书都没考，我很难帮上忙。每次见到她都挺难过，她抱怨说自己把路走窄了。

她不敢参加同学聚会，因为本来她在大学四年是最富裕的，现在她的同学，动不动就年薪百万地出现在她面前，而她，却只能默默地承受着该学习时赚钱的后果。

后来我经常听到她说：不应该在最应该学习的年龄里选择赚钱，毕竟，如果自己不考研，大学四年应该是自己吸收知识最密集的四年，而钱，你有接下来的一辈子时间去赚，可是，毕业后你学到的知识，决定了你赚钱的起点，决定了你进步的速度，决定了你怎么去看这个世界。

几年前，我写了一篇文章《以赚钱为目的的兼职，是最愚蠢的投资》，在网上收到了很多反对声音，有人说，你忘记考虑了有一些家庭贫困者连饭都吃不饱的情况，他们需要赚钱，需要兼职。

我想说，第一，如果家里贫穷，就更应该好好学习，获得奖学金，拿到助学金，甚至现在有很多app是专门给穷困学生贷款的，就是为了让你在该学习的年纪里不要去以赚钱为目的去兼职。

许多贫穷，不是靠你做点苦力就能挽回的，这需要长期的学习，大量的阅读，长久的思考。

思维改变活路，读书增值账户。

第二，大多数人所谓的贫穷，无非是不能买新衣服，不能换新手机，如果只是因为同学买了你就要比较，大可不必。每一件新衣服都会贬值，每一款新手机都会过时，投资知识不会，投资自己不会，这些只会让自己增值。

那你要问，难道兼职就不对了吗？

你看你又极端了，以赚钱为目的的兼职，不对。

大学四年，尤其是寒暑假，一定要兼职，而且一定要找实习。实习单位可以不给你钱，但一定要做到两点：

1.能学到东西

2.给你发实习报告。

我表弟学影视编剧专业，在寒暑假的时候帮别人发传单，回到家很累，我有一次去看他，他告诉我这些想让我表扬他。

我问他，你告诉我，发传单你能学到什么？是不是谁都能发，那你读大学干吗呢？选专业干吗呢？

他被问住了，然后又怕丢面子，于是嘀咕了一句：可以锻炼我的臂力。

第二天他辞职了，几天后又去肯德基端盘子，我问他，这个又能锻炼你的臂力是吧。

他很生气地问我，那你告诉我，这个也不能干，那个也不能干，我应该找什么实习嘛！

我说，你学电影，就应该找个剧组，找个电影公司，给他们投简历，甚至找关系也要进去。就一个暑假，关键是你要学习一些学校不教的：比如怎么跟人合作，怎么打磨一个好的剧本，制片人和观众喜欢什么题材……

他说，那他们不给钱怎么办？

我瞪了他一眼。

后来他还是去了一个剧组实习，一个暑假，导演竟然让他去片场改剧本，那是剧本创作中最难的一环，因为现场改剧本，最大的问题就是多变，一个演员忽然进来，一个场景忽然不能用了，他跟各种人交谈，听各种人的要求和意见，一个暑假下来，他竟然瘦了好几斤。

我以为他肯定回来要骂我说我摧残他。

结果暑假回来后，他告诉我：哥，真是太爽了，你知道吗，我学的这些东西，学校根本就不教。而且我实习过程发现了自己有很多不懂的地方，后面两年我一定要往这个方向好好努力。

一次实习，他知道了自己要什么，方向更明确了，学到了学校不教的东西，虽然没钱，但前者更重要。

那为什么要实习证明，因为如果你决定出国，就知道这张纸是多么重要了。

所以，实习重要吗?

太重要了。

我们无数学生在上学时盼望放假，放假后盼望上学，这种恶性循环全是因为目标茫然，学习不饱和的状态产生的。

我记得我大学的寒暑假，有时候只有20多天，我依旧要么就在网上找个实习机会，要么我就报个班充充电。

别以为青春依旧，有大把的时间可以快活，其实青春很快，转瞬即逝。

寒暑假，才没有大把的时间荒废呢。

那有人问了，现在不赚钱，看着父母经济压力太大，心疼。

其实，父母不希望你赚多少钱，他们只希望你学好一技之长，将来能自立。只有今后有了更好的出路，更高的起点，更广泛的发展，才是真正的心疼父母。

所以，千万别在最应该学习的年纪里，选择赚钱。

现在拼了命赚钱，以后反而可能会没钱。

现在拼了命输入，以后才有更好的收入。

愿我们青春无悔。

把时间放在脸上，成就了美女。把时间放在学习上，成就了智慧。把时间用在市场，成就了经营。把时间用在家庭，成就了亲情。把时间放在牌场，成就了赌徒。把时间放在酒场，成就了酒鬼。时间是公平的，心在哪，时间在哪，行动在哪，收获就在哪!

鸡蛋，从外打破是食物，从内打破是生命。人生亦是，从外打破是压力，从内打破是成长。如果你等待别人从外打破你，那么你注定成为别人的食物；如果能让自己从内打破，那么你会发现自己的成长相当于一种重生。

告别舒适区，野蛮成长

经常有人问：为什么我看了那么多书，还是觉得自己没什么长进?

我想是因为：你在舒适区待得太久了!

避难就易是人的本性，困难和容易之间，我们总是习惯选择后者。可是，真的，不逼自己跳出舒适区，你看再多的书，也难有长进。

不要待在理解力的舒适区

依照舒适区理论，我们可以将阅读分为舒适区、伸长区和恐惧区三个等级。

舒适区内，阅读者阅读毫无难度的读物，虽处于心理舒适的状态，但进步缓慢；伸长区中，阅读者阅读有一定难度的读物，感到某种程度的不适，但跳一跳还是够得着，理解力提升明显；恐惧区里，阅读者阅读难度过大的书，由于超越能力范围太多，感到严重不适，难以卒读。

理想的状态是待在伸长区，但很多人待在舒适区不肯出来。

比如，被推荐去看世界名著，翻几页就表示外国人写的书我看不进去。说实话，刚开始我也面临这样的问题，陌生且拗口的人名地名，缺乏知识积累而对风土人情、时代背景无所适从，重思想轻情节，除了被称为西方通俗小说之王，被拿来和金庸做对比的大仲马，他们很少拿曲折离奇的情节吊住你。

这些曾经都是我理解力的障碍，但我不想错过被时间洗礼过的经典。从简单一些的《简·爱》《红与黑》，再到大部头的《悲惨世界》《安娜卡列琳娜》《卡拉马作夫兄弟》，硬着头皮看下去，并不想刚开始想象的那么难读，克服了“外国人的书我看不进去”的刻板印象，新世界的大门就打开了。

我觉得，阅读应该对自己有难度的要求。

曾经看到过一个故事，一个年轻人向钢琴家学习琴技，钢琴家第一天就给了他一份难度极高的琴谱，一周后他才能勉强弹奏完整的曲子。本以为钢琴家只是想给他一个下马威，没想到钢琴家之后给出的琴谱一首比一首难，越来越超出了年轻人掌握的技巧。直到有一天年轻人忍不住向钢琴家提出疑问，钢琴家什么也没说，只是示意年轻人弹奏第一天的曲谱，年轻人惊讶地发现，曾经对他来说生涩的琴谱已经在他指尖化为了优雅流畅的旋律。

尽自己所能，攻克一本有难度的书，特别是某个领域集大成的书，再回过头来看同类型的书，也会有这种“会当凌绝顶，一览众山小”的感觉。比如啃完《亲密关系》，对建立亲密关系有系统的认知，再回头看情感鸡汤可能就会觉得肤浅难忍。

阅读也应该不断攻坚克难，不断去挑战自己的理解力。看那种跳一下才能够得着的书，理解力才能突飞猛进地提升。我相信，任何人都可以通过由浅入深、循序渐进的阅读安排，不断扩大自己的舒适区。

多去看超越你已有经验的书籍，而不是沉溺于寻求共鸣，去看突破你当前认知框架的书籍，而不是一味追求观点认同。

印象很深的是，大一时和一个同学谈论过一个议题，当时觉得她的见解还挺有意思的。大三时我们又偶然谈起这个议题，当我通过阅读和思考对这个议题有了更深入的理解，期待可以进行更深刻的讨论时，她的嘴里还是老生常谈。我当时觉得乏味至极，你的说辞和两年前一模一样，知识没有更新，理解没有升级，你没发现自己一点长进都没有吗？

不要待在熟悉领域组成的舒适区

除了在阅读深度层面的不思进取，还有一种舒适区是阅读广度层面的。

一种是把自己局限在所学专业，只看专业相关的书籍。

我大学学的是新闻学，大部分课程都是专业课，有一个学年课表里多了一门社会学概论的课程。老师推荐了费孝通的《乡土中国》，就是这本薄薄的小书，让我顿悟一般突然理解了我从小长大的村子，理解了中国为什么是个熟人社会，也明白了就算当今中国攻城拔寨一般地城镇化，就算乡村如坦克过境一般地衰败和没落，乡土社会的规则仍然融在我们的骨血里。

我就开始想，我学的是新闻学，我就只学新闻相关的东西吗？《乡土中国》提供社会学的视角，帮我更加深刻地理解了我所生活的社会，我从小到大的经历。如果只学习新闻相关的东西，我岂不是错过了很多帮我认识自己、认识社会的视角？

当时班上也有转其他专业的同学，可是我并不是想换到社会学专业学习，我只是在想，我为什么不能不受专业限制地学习呢？

这个问题一直埋在我心里，直到我通读《论语》时读到：君子不器四个字，脑子里电闪雷鸣。

大学的专业教育本质是工具性的教育，是为了服务分工越来越细的社会。但君子不器，完善的人不是工具，体制要把我们变成工具，我们可以有意识地对抗这种体制。对抗的方式就是不受专业限制的广泛阅读，谁也不能阻挡我们跟随好奇心，自由地探索和认知这个世界。

君子不器对照的应该是“通识教育”，后来我才知道有别于专业教育的通识教育近年正在兴起，我们学校也开办了通识学院，不时有自称来自通识学院的同学来旁听。

你可能正在接受专业教育，但你要知道大学教育不止专业教育一种答案，要明白专业教育的缺陷，并有意识地去弥补这种缺陷。君不见，人文社科专业之间尚有些关联，理工科和文科根本就是生活在两个世界。

一种是把自己局限在职业里，只看有用的书。

工作以后，对职业有用是最大的阅读动机之一。当然了，生有涯，知无涯，术业有专攻，以专业或者职业为轴心构建知识体系可能是最好的选择。但是只看有用的书，未免无趣。

我总觉得读书就像吃饭一样，营养要均衡，应该让自己尽可能地广泛涉猎、博览群书，唯有如此，才能培养起广阔的视野，唯有如此，才不容易把偏见当思想。人文社科看，自然科学读物也看；论说性的书籍看，虚构类的文学作品也看；有用的书看，有趣的书也看。

我欣赏荤素不忌的阅读者。

他既可以严肃脸地给你讲《国富论》，也可以不正经地对维多利亚时期的色情小说发表一番高论，既可以结合实例谈论《联盟：互联网时代的人才变革》中提到的雇主与员工的新型关系，也可以毫无违和感地念一段黎巴嫩诗人纪伯伦的《先知》。

还有一种是把自己局限在某一种喜欢的类型中。

有一群人有一种倾向，只看一种类型的作家，更夸张的是只看一个作家或者一本书，仿佛除此之外再无能入他法眼的读物。我不相信世上再无更优秀的书籍了，不过是自己局限自己罢了。

见过很多女生，只喜欢和自己气质相近的女作家，说不清楚是先喜欢后气质相近，还是先气质相近后喜欢，沉溺在故事里、有才气的句子里无法自拔，模仿着写出多愁善感、小女子情态、被人一眼望到底的文字。

典型的待在舒适区行为，我曾经也有这样的倾向。希望通过阅读有所长进的我，很怕变成这样，曾经故意针对性地看梁启超的《饮冰室合集》，因为我觉得读饮冰室，可以养浩然之气，可以洗掉文字的矫作感。

我相信兴趣都是培养出来的，太狭隘的喜好是给自己设限。

我希望自己能成为并且正在努力地成为一个博闻强记、有趣有料的人，所以在有意识地构建自己的知识体系，即使现在只有一个极其简陋且不完善的框架，但我总会慢慢成为我想成为的人。

不要待在阅读速度的舒适区

还有一个最致命的舒适区，是阅读速度的舒适区。

在保障质量的基础上，对自己要有量的要求。不要拿质量比数量重要当挡箭牌，放任自己。你确实是在看好书，你确实拥有很多书，可是高兴看一会儿，不高兴就停了，三天打鱼两天晒网，你到底有多少知识增量和思想增量呢？你只是看起来在认真阅读罢了。

逼自己一把，不逼自己一把，你永远不知道自己可以读得多快多好。跳出舒适区，才能野蛮生长。

有目标的人在奔跑，没目标的人在流浪，因为不知道要去哪里。有目标的人在感恩，没目标的人在抱怨，因为觉得全世界都欠你的。有目标的人睡不着，没目标的人睡不醒，因为不知道起来去干吗。给人生一个梦，给梦一条路，给路一个方向！跌倒要学会自己爬起来，生命只有走出来的精彩，没有等待出来的辉煌！

请接受你现在的样子，同时也完善你现在的样子。运动让你更有气质，读书让你看见未见过的世界，穿衣打扮让你对每天都有期待，不需要成为别人嘴里的那个人，只愿自己在摩肩接踵的人群里，不会因为平凡而感到心慌，心里有底气，这个世界上不会再有第二个你了。

姑娘，你可以做的事实在太多

我任性的外甥女：

你妈是我的姐姐，你是你妈含辛茹苦供养出来的大学生，现在你毕业参加工作刚一年多，工作却已经换了三、四份，所以你是我任性的外甥女。

月初，你跟我说要从北京回昆明，来我公司帮忙一个月，可以不要工资，我直接拒绝了——你连自己都帮不了，怎么来帮我呢？

出于一个舅舅仅剩的丁点苦心，我建议你去北京的肯德基或者麦当劳工作两个月。你问我为什么，我说你需要先理解什么是工作。这是我从有钱的智者芒格那里学来的好办法，以后肯定会用在你表弟查理身上。不过，正如我所预料，你肯定不会采纳我的意见，或许心里还在骂我装13。

我对你早年的任性记忆犹新。你拿到那所二本大学录取通知书后，我就让你提前去了北京。你说毕业以后想留在北京工作，也不愿意去考公务员，我对此表示赞许。

我想这是一个良好的开端，接着就给你报了一个老罗英语的短期培训班，内容是电影英语。你中学的英语学得不错，对于一个农村中学出来的姑娘，这是一个多么了不起的优势。人生成功的关键不就是要最大化地发挥长处而不是弥补短处吗？我觉得我找到了帮助你成功的支点和法门。

语言是一个非常神奇的东西。你可能根本无法理解，当一个年轻姑娘用简单精确的语言说话时，她身上就可能被一种魔力所环绕，这种魔力的能量超过了脸蛋、身材和衣服，从而影响和打动周围所有的人，更不用说那些年轻的小伙了。

语言显然是相通的，英语的专业训练，自然也会极大地增强我们对中文的感受力，反过来也成立。你舅妈就是一个现成的例子。中学时，她是英语课代表，每次都被英语老师点名起来读英语课文。在英语的带动下，她的语言综合能力就越来越强，工作后做文化报道的记者也很成功，后来成了大网站的读书频道副主编，团队带得也很好。

毫无疑问，这种由语言表达所产生的魅力，也深深地吸引了我——上大学后，我们就是在连续通信一年多之后开始恋爱的。

你很喜欢老罗英语学校，但后来的情节演化让我大跌眼镜。你没有理解英语和语言的重要性，也没有明白形成某种优势的重要性，更没明白专注于某个自己擅长的东西，从而撬动其他一切的方法论的重要性。

原来，你喜欢老罗英语学校，只是因为喜欢老罗和那种小资文青所特有的情调，跟英语、语言或者对个人前途负责没有半毛钱关系。不出所料，大学开学后，你果然选择了随大流，既没有自谋发展，也没有努力领先，相反却是坚决地参与了衣服和手机之类军备竞赛。

大学四年，你时常跑到北京来找我们，但你从来没有咨询个人发展有关的问题，也没提出任何提升个人的需求，只是喜欢参与成年人的吃喝或是游山玩水。有几次，我向你妈表达了忧虑，她却一直沉浸在自豪和慈母的宽容之中。

我肯定预料到了你今天的结果：一个不值钱的文凭 + 面目模糊的职业形象 + 欲望大过努力的工作态度 = 没有希望、自怨自艾的人生。

前几天，你在微信里说，不想做运营工作了，想去做策划，问我的意见。我当时好气又好笑，没有回答。我知道，现在你开始着急了，脑子里满是问号，但你并没有把人生和工作的根本道理想清楚，依然不愿意去面对自己太过任性的现实。天知道你还要多久才能幡然醒悟，也许永远也无法从装睡状态中苏醒了。

你舅妈说，我这个人最大的特点就是无与伦比的乐观。所以，今天我还是要帮你解答一个真正的问题：一个年轻姑娘如何与这个世界友好地相处？

每个人都希望能与这个世界友好地相处。但是，年轻姑娘是一种特殊的物种，所以尤其需要找到可行的特殊方法，才有可能得偿所愿。

在过去的三十多年中，我见过了不计其数的年轻姑娘，其中不少算是同龄人中的佼佼者，不过总的说来，找到了与这个世界恰当相处方法的人实在是少数。多数人都以跟你现在类似的方式结束了自己的年轻时代，成了一个不再年轻的“姑娘”。

我认为以下3点是那些少数胜利者的共同之处：

要比其他年轻姑娘都勤奋和勤快。

虽然美貌和好身材很重要，但是懒惰会让一切身体的魅力荡然无存，懒惰不仅会让你失去好的工作机会，也会让你失去人生中绝大多数美好的东西。具体来说有两个方面：

1、一个年轻姑娘应该提前半个小时到办公室，延后1个小时左右再离开办公室。

2、每天整理房间，主动及时地洗碗。

要比其他年轻姑娘读更多的好书。近朱者赤，近墨者黑。你想让自己变得优秀，让自己充满魅力，你就要尽量跟优秀的人在一起。按照人口统计分布的规律，我们周围能直接接触到的绝大多数都是普通人。怎么办呢？读书嘛。如果你天天跟林徽因、桑德伯格、龙应台或朴槿惠在一起，你一定会从年轻姑娘的芸芸众生中脱颖而出。让你即便不再年轻的时候，依然保持年轻和美丽。

要比其他年轻姑娘更恰当地说话。我在上面已经详细说明了语言能力的重要性。简洁和准确的语言不仅有利于沟通，更会从根本上塑造一个人。好的语言会训练你的大脑，也会帮助你有效管理自己的情绪。

除了阅读之外，写作是非常有效的训练办法。德鲁克说，写作是大学生唯一可以从学校学到的实用技能，但是很少有大学重视写作课。你可以写影评，写读书笔记，自己开一个订阅号写文章，也可以写日记等。

我一个事业小有所成的朋友曾对我说，大多数人都在做错误的事情，所以我们只要做对一点点事情就足够胜出了。

我真羡慕你，在这么年轻的时候，就有机会了解这些真正重要的东西，学习这么简单有效的方法。

我今天要说的就这些了。

做人最好状态是懂得尊重，不管他人闲事，不晒自己优越，更不秀恩爱。你越成长越懂得内敛自持。这世界并非你一人存在。做人静默、不说人坏话做好自己即可。不求深刻，只求简单。你活着不是只为讨他人喜欢，也不是为了炫耀你拥有的，没人在乎，更多人在看笑话。你变得优秀，你身边的环境也会优化。

你二十五岁，生活圈子越来越小。不再出门奔赴一场又一场的聚会，不想满嘴跑火车地说着阿谀奉承的话，不想去刻意地经营表面关系，也不愿在焦虑惶恐中入睡然后一大早被闹钟唤醒。孤独是生活的礼赠，我爱我的自由。这个世界，总要有些人来做不需要被人理解的事。

你的人生经历就是你的人生奖金

某一天，我们来到了这个世界上，和称为父母的两个人开始了新生活，幸福的婴孩有时还会有哥哥姐姐、弟弟妹妹。人生是一件很奇妙的事儿，只是每个人的人生经历又是那样不同，一生的每一个阶段，都如同繁花绽放，花开不同，结果就不同。

最初，我们在人生的角落里爬行，爬着爬着，健壮起来，于是，开始学会吃喝玩乐，吃喝玩乐功能都巩固以后，从一个小人长高了，人的独立含义开始形成了。西式教育注重自然式，东方学习大多采用灌输式，少了许多新奇和创造力，在书中涂涂画画，比起自然风景，少了一份临摹快乐。

人，本是一个个独立的个体，只是中式教育的意义，追求雷同，原本是一个个活泼可爱的少年，到最后，少年的脸上有了许多刻板的写照。上帝通过父母赐予我们身体，并赐予我们一个独特的心灵，并且上帝的爱时时与我们同在，可是我们却浑然不知。

过了若干年以后，我们或许有幸和上帝相遇。所以，我们活着，不单单有父母的爱，还有来自上帝圣洁的爱。只是，人类为了满足自己的愿望，满足自私的需求，不断迷失在茫茫人海中。有一天，人类被上帝感召，于是，回到上帝圣洁的爱的怀抱，无限快乐和荣耀。

原本婴孩是圣洁的身心，在这个苦难的人间沐浴风雨，每一个父母带少年来到世界，最初都是一份爱心，只是婴孩到少年再到青年的生长，并非如万物生长一样简单。婴孩，爬着，走着，跑着，而每一个阶段都要不断学习，所以，学习是人类终生责任。

一直，我们的人生经历在积累未来的人生奖金。父母带我们来到这个世界，诸多因素决定了人类生长方式，人生就如一级一级的阶梯，父母对于婴孩生长而言，是一张天然壁障，父母给婴孩提供了身体和心灵的营养元素。而由于每个父母的营养源不同，所以，自然婴孩生长就不同。

我们在逐步成熟以后，发现人生有了质的分别，在人生经历积累过程中，如果我们不能丰富我们的人生世界。有一天，价值不菲的人生奖金和我们擦肩而过，我们也抓不住。

在人生经历中，我们为自己积累了多少，就会有多少人生奖金。父母要给予孩子的，不单单是金钱和物质的享受，还有内在精神的永恒。这一份独特的人生经历，就是自己不断丰盈的人生奖金。如果在此后人生积累过程中，我们投资了自己潜在的能力，未来我们就会谋取更多的人生奖金，我们用人生奖金打天下。

每个人的人生经历，就是每个人的人生奖金。年轻时浑浑噩噩，年老时会收获菲薄；年轻时累积人生资本，年老时会收成良好。每个人的人生经历都是一本厚实的书，翻开来，就是一页一页的人生奖金。当我们站在人生巅峰，往下观望，看川流不息的人流。每个人都背着人生行囊，徒步行走。

所以，为人父母，要告诉子女，人生就是背起行囊走自己的路，走得越远，看到的风景越美，不要试图寻找捷径。因为人生没有捷径，只有走不完的路，和不断付出的努力，在年轻时积累人生经历，并规划一个值得拥有的人生未来，那么未来会拥有一笔可观的人生奖金。

人生是一座金字塔，就如同这个社会一样，铺在金字塔最下面的人生，可能只能凭借自己的劳力劳作，到了人生的一定阶段，想爬上金字塔的上层，可能就失去了资本。实然社会是一个相对公平而绝对不公平的世界，而应然社会，每个人都希望是绝对公平的世界。

可惜，这个社会需要每个人用自己力量去打拼，人生路上没有不劳而获，可能有偶尔的投机，但是在一个相对公平的社会里，普世的价值观需要个人付出努力才能拥有可观的人生奖金，即人生的美好未来。

个人目标不同，生长环境不同，接受教育不同，付出努力不同，人生经历不同，那么最后会发现，每个人拥有的人生奖金不同。我们站在不同的台阶，看到不同风景，见到不同的人，做着不同的事。越高的人生价值，是你做的事，别人都不能做，也不会做，这就是你不同凡响的人生奖金。

你的人生经历，堆积了你的人生资本，而你的人生资本，在社会上的表现，就是社会赋予你的人生奖金。我们不可能爬向金字塔的顶端，但我们每个人在年轻的时候，都可以用自己的人生经历爬得更高一些。

你要相信 坚持着

总有一天 最初的梦想 总会到达

但愿你拥有一双渴望光亮的眼睛

自己多安慰自己一会儿 自己跟自己说说话

30岁的那个你 给20岁的那个你收场的时候

一定会感谢那个你不放弃自己的夜晚

最终你相信什么就能成为什么。因为世界上最可怕的二个词，一个叫执着，一个叫认真，认真的人改变自己，执着的人改变命运，不期待突如其来的好运，只希望所有的努力终有回报。

你之所以焦虑不堪，是因为你还不够努力

马克·吐温曾说过："忧虑就是你在偿还你并未欠的债。"

青年危机是一个真实的东西，我们中的很多人在年轻时会非常焦虑，所谓青春无忧的快乐日子是不存在的。

你刚从学校出来，要去争取更好的工作和岗位，急于找到一个立足之地，有数以百计的不同情况，但他们拥有的唯一共同点：大家都没有把事情完全想通。世事难料，我们才二十多岁，在这样的关键年份，大家往往都有点晕头转向，不要惊慌。

信任你在做的，制定你的计划，并完成它。

读书与写作将点燃你的头脑

读书是你看到广阔世界的最便捷的手段之一，读书可以让你和古往今来的高贵灵魂做好友，还可以帮助你迅速积累经验。

写作是值得养成的一个习惯。记录和整理你的想法，你的工作可能事半功倍。写作也是一种心灵的震颤，是对你生命体验的记录。

选择一个领域做研究

可以是你的专业也可以是你的工作内容，逐渐总结经验，然后争取出

书。一旦出书，你所投入的时间不仅可以有稿费作为回报，之后还可能有版税源源不断地到来。

要建立良好的个人品牌

你既是你自己，也是你所有形象构建出的个人品牌之和。你的简历、你的社交网站、你个人主页，你的名片，你与这个世界发生交互的任何其他地方，共同组合成了你的名字所代表的你。

在互联网时代，一定要维护自己的网络形象，并和线下的形象统合起来。在眼球至上的年代，低调和神秘是无用的。当年在我明确了我的个人品牌后，神奇的事情开始发生，有接二连三的机会主动找上门来，并一直延续至今。

设计你的生活永远不会太迟

你的所有空闲时间决定了你将成为什么样的人。合理安排你的个人时间。如果你的生活不是在正确的方向前进，调回正确的轨道。

我们出生的环境无法选择，你无法选择谁成为你的同学、同事或队友。但我们可以构建后天的网络，通过互联网，和共同爱好的人，和彼此悦纳的人在一起，如果您的先天网络不给力，自己创建一个新的社交网络。

学会提问

我们没有所有的答案，但年轻人中许多人似乎不敢问问题。听着，在你二十多岁时，比以往任何时候都需要寻求更多信息。

坦率地说，我们往往没有在学校中学习到必要的生存技能，无论是财务咨询，使用网络还是如何减轻压力等。但知识就是力量，现在要由你自己来教育自己。

如果你发现自己不知道或不确定，就主动发问吧。对知识大胆追求是很美好的。如果你保持沉默，没有人会知道你有这个问题。充满好奇和求知欲，从长远来看，是人生的一种奖励机制。

你的心态就是一切，不要让消极成为你的基调

长大后，我忽然发现身边的人怎么老是倾向去抱怨。他们不断说自己马上就要累病了，并抱怨生活的种种，还把消极情绪感染每个家庭成员。因为他们，我决定我一定要掌管自己的生活。

如果你经常抱怨，那你将变成一个负能量磁石，汇聚而来的负能量会让你日子越发艰难。当别人问："你今天怎么样？"有的人的只会回应"哎，累"；"漫长的一天，都在工作"，或者类似的东西。而有的人则会以当天的小亮点来回答。

没有人会整天郁闷或整天精彩，这反映的是你的生活态度

但如果不是天性乐观，那么变得积极开朗要有一段很长的路要走。试着敞开自己，向别人提供心灵热能，并多和积极的人交谈。人是能够相互鼓舞的。我们都会有坏日子，但要尽量展示那些能够令我们开心的事情。

知道什么是生命中最重要的东西

金钱？家庭、爱人？名气？社会关系？你更看重哪一点，决定了你之后在人生岔路口的选择。

人的一生真正需要的、消耗掉的东西其实很少，所以金钱远远没有一般人想的那么重要。这是你的人生程序的默认值，及早设定好了之后，会让之后的运行更顺畅。

尽量不要去想太多竞争

我们生活在一个高度竞争的世界，不要让这种压力压倒你。学会欣赏别人的成功，不要对自己太苛求。在人人都往舞台中心去攀爬的时候，在台下做一个真心为他们喝彩的观众也很好。

而且总是会有很多的机会，要相信你有自己的光芒。你的思想和你的身体是你最美妙的财产，照顾它们，尽你所能。

善待那些喜欢自己的人

不管样貌和性格，我们每个人都会遇到喜欢自己的人、毫无缘由对自己有好感的人，善待他们，对他们心怀感念，即便他们并不那么美、不那么年轻甚至和你的性向不同。

这个世界充满了对你完全不感兴趣的人，他们对你的所有的一切都不关心，而那些喜欢你的人会给你提供温暖——当然，这可能需要一定的回报。自己的吸引力和魅力是次要的，重要的是如何爱那些爱你的人。

学会欣赏这个世界

这个世界上最令人振奋的事情就是这个世界可以这么美，而我们有幸生活在这里。所以攒钱去旅游，去亲近自然吧。

如果还没什么钱，那么你可以留意，有不少机构提供游学、旅行或出国的机会。探索驻外工作或出国留学的机会，能够让你体验不同的文化。不要觉得年轻人必定要被生活绑定到一个单一的常规地点，有足够广阔的世界可以供你探索。

为健康打下基础

二十多岁的身体给人以精力无限的错觉。你在酒吧里喝下五杯啤酒，之后熬个通宵完成报告，第二天早上仍会感觉很好。但这不会持续太久，挥霍身体的后果很快会早上门来。所以要从年轻时，就建立健康饮食和锻炼的习惯，你的身体以后会在多年之后感谢你。

试错和重启

你是二十几岁的时候大多数是相对轻松的，并不需要承担太多责任，但随着年龄的增加，担子也越来越重，当你肩负了很多责任时，是不容你轻易犯错的。

所以二十出头是一个很好的时间来试验，失败，重新开始。

不要犹豫和等待：不要等待在“合适的时机”吻女孩或握住她的手；不要等待别人先打招呼然后你再说Hi。试错之后重启，你可以学习到如何度过难熬的失败和持之以恒。

学会量入为出

当存在银行里的钱会逐渐贬值时，理财变得极其重要。你需要了解如何在预算之内经营好自己的生活，同时保持良好的信用。

我年轻时曾经犯过错，我和一些同龄人一样，成为信用卡的奴隶：出门就乘出租车、购买昂贵的衣服、出入豪华餐厅，这是愚蠢和轻率的。

我知道身边的朋友在中年之后，没有积蓄，但当他们想再工作赚钱时，发现很难找到雇主。花光了收入而去疯狂网购的人是轻浮的；奢侈品只有当你能毫不费力地买下时，它才是一件美妙的事。

不要进入那种不会持续的生活，那只会让你变成金钱的奴隶。

谨慎选择与谁一起共度

时间是珍贵的商品，进入中年后你将越来越深刻地意识到这一点。所以在二十出头的年纪，应明智地选择自己的朋友。

你可以跟各个阶层的人交朋友，但那些和你共度时间最多的好友，一定要避免那种“有毒的”朋友以及总是带给你负面影响的人。他们不仅浪费你的时间，而且阻挡了你和更好的人共度的机会。寻找那些给你幸福、给你启发、给你支持的人。

谨防短期情绪波动

当你处于情绪中时，不要做或说重要的事情。这是实践和练习都难以掌握的技能，但它对于一个年轻人来说至关重要。当你生气时你绝对相信自己100%正确，或者是明知是错误决定，也会冒死坚持。斗气和不屈对于年轻人来说是很容易，但这从长远来看，会伤害你，无论在你的职业和个人生活。

请记住你在20多岁时的感觉。很多诗人和音乐家、艺术家是在这十年里攀上了创作的高峰，这很可能会是你感觉最强烈的生活时段。

记住你的心脏曾感到的强烈痛苦、记得借宿时睡在沙发上的不舒服、记得饥饿的感觉、记得这些感觉曾经如何推动你激励你。请记住，因为过了这个阶段，你可能会渐渐忘记曾经的痛楚和震撼，前行的勃勃动力逐渐消失。所以，要适当保持一点精神上的饥饿感。

我们辛辛苦苦来到这个世界上，可不是为了每天看到的那些不美好而伤心的，我们生下来的时候就已经哭够了。而且我们，谁也不能活着回去。所以，不要把时间都用来低落了，去相信，去孤单，去爱去恨，去闯去梦。你一定要相信，不会有到不了的明天的。

如果你想让自己得到公平的对待，那你只有一条路，就是不断地强大自己，甚至残忍的逼迫自己先去适应，再去争取，最后改变，直到重生为一个全新的自己。几个小道理，希望能开解到你。

让你的人生不白来一场

朋友A是一个富二代，87年的，父母做建材生意。私立高中毕业以后就没有找工作，抽着中华开着保时捷纸醉金迷，游手好闲的晃悠了几年，13年的时候娶了个模特，据说也是奉子成婚。

前几天在商场碰见他了，寒暄了几句，聊到他现在的生活——即使结婚成家了，也依然是泡吧，飙车，唯一的正经事儿，就是偶尔会客串一下他爸的司机。

我觉得，他“死”了。

朋友B也算家境殷实，90年生人。父母工作在国际大型企业，拥有VP以上职位，他的人生，早在童年就已经被整齐的规划好了。

毕业那年，在某次饭局上，面带微笑的和某个叔叔吃了个饭，说了几声谢谢，几句客气话，然后就堂而皇之地进入了名企得到了一份薪水不菲却十分清闲的岗位。

靠着父母留下的福荫，他没做任何的努力，就过上了安逸的生活——不停地换女朋友，每天的生活就是白天喝喝茶水看看报纸玩玩儿手机游戏，下班了就跟朋友喝喝小酒，打打麻将。

我觉得，他也“死”了。

生活单调乏味，没有目标，这大概算是一种毫无意识，只想着进食的行尸走肉吧。

不过A和B是幸运的，父辈的努力让他们可以用富贵的“死”法，“死”在了安逸，但我们中的大多数人没这么幸运。

25岁的时候，我们大多过着迷茫的生活，怀疑人生又不知所措——

对未来的十年要做工作、住在哪儿、和谁在一起，什么时候才能不用数着发工资的日子过生活，什么时候才能还得清信用卡，不确定要摸爬滚打多少年才能获得一份自己喜欢，体面而又有意义的工作，会不会有一个幸福的家庭，这个家庭能不能长久……

带着这份迷惘，找了一份差不多的工作勉强糊口，找了一个差不多的对象凑合过日子，不再奢求理想，每天重复着过往机械的生活，日复一日，年复一年，直到死去。

我们中的大多数，“死”在了25岁，死得糊涂，死得憋屈。

以前在报社的时候，我曾经采访过本地的一位成功的85后女性创业者，聊到她为什么会放弃当时很多人挤破头都抢不到，一份收入不菲又稳定体面的工作，选择创业这条未来会存在很多变数，又非常辛苦的路时，她给我的回答至今都对我影响很深：

每当闲暇的时候，她都会问自己一个问题——如果像现在这样地生活下去，你三年后会在哪？如果答案不是你喜欢的，那现在就该做出改变了。

我记得美国一位叫MegJay的临床心理学家曾经说过一句话“处在二十几岁的好处同时也是坏处就是：你所做的每个决定都将改变你的余生。”

是啊，25岁是一个重要分水岭，因为人生中8成以上的重要决定，都出现在这期间：跳槽，工资增长，结婚，大脑也在到达成年发展期后，结束了最后一次的急速增长。

30岁以后，就不可能再像20岁一样了——就算你什么也不做，不做任何选择本身也是一种选择。

不想“死”后懊悔：“我二十多岁的时候到底在干些什么啊，我当时是咋想的啊！”也许我们就需要做一些改变了。

不被过去不了解或者没做过的事情所限制，试着重拾儿时的梦想，试着在感兴趣的领域重新寻找一份工作的机会，试着和一个与你上次的糟糕对象不同的人约会，试着掌控自己从而表现出一点点不同。

当然，也不是说过了25岁，“死”了就来不及改变，就要放弃自己的梦想。就像短片《雇佣人生》彩蛋部分的一段话所说的：

有一件事是真的：有一天你会走向死亡。

但有一件事是假的：人的一辈子只能活一次。

据说，每个人从零开始到成为一个领域的专家，需要7年的时间。

如果你能活到88岁，在11岁之后，你将有11次机会成为某个领域的专家。

不管你是稚气未脱，抑或已经白发苍苍，你都有机会让自己活得不一样……

越来越发现，越是阳光，正能量的人，才越会好运。越自卑越没人看得起，越自怨自艾越讨人厌，越想跟别人吐苦水越没人想听。从今往后当个风轻云淡，不在痛苦事儿上磨蹭的人。积极，向上，热爱生活，难过了就撸串喝啤吃烤鸡翅猪肘子比萨牛排。热爱自己，才惹人怜爱。

人在困境之中，很容易放低自己的姿态，甚至悲观和怀疑自己的人生。这也就是为什么我们要在顺境之中学会努力和热爱，因为在万丈深渊之中，唯有靠着这努力和热爱所积累下来的一点微光，才能指引着我们挪出磨难。这世上没有谁可以拯救谁，世间一切都是辅助，除了自救，他人爱莫能助。

人生最大的失败，就是放弃努力

在成功者必备的品质中，“坚持不懈”是最重要的品质之一。每个人都会在生命过程中遇到挫折、失败、坎坷与波折，这些阻碍会严重打击人们的进取心，也会转化为人们严重的心理负担。当人们接二连三地遇到挫折时，能否还坚持自己最初的目标？对于一个真正坚韧的人来讲，无论经历多少坎坷，也无论自己的处境怎样艰难，他们都会坚持自己的理想不会改变。人生最大的失败，就是放弃努力。所有的成功都不是一蹴而就的，每一次成功都是一次长途赛跑，只有坚持跑到终点的人，才能看最美的风景。困难的是，在奔跑的路上，有着太多的诱惑与天性中的惰性不时地困扰着你，这时就要看你是贪恋一时的鸟语花香，还是目光始终盯着前方的梦幻仙境。

锲而不舍之美

荀子在《劝学》中写道：“故不积跬步，无以至千里；不积小流，无以成江海。骐骥一跃，不能十步；驽马十驾，功在不舍。锲而舍之，朽木不折；锲而不舍，金石可镂。”这是在告诫人们：确立目标后，一定坚持到底决不放弃。

如果我们仔细思考每一位成功者的人生历程，就会发现在这些成功者身上，存在着一个共同的品质：坚持不懈的毅力与恒心。实际上，“坚持到底决不放弃”的毅力和决心确实是一个人追求成功的必备品质，一些人在追求人生目标的道路上之所以失败，正是由于他们没有由始至终地坚持自己的人生目标，最终半途而废。

每个人都不是天生就掌握或具备了丰富的知识、能力和经验，都需要在出生后一点一滴地学起，人们在不断成长与学习中，掌握了丰富的知识，具备了卓越的技能，积累了丰富的经验。实现人生目标的过程是漫长的，需要我们坚定决心，从一点一滴做起，正如老子所说：“合抱之木，生于毫末；九层之台，起于累土；千里之行，始于足下。”

由于人的精力有限，一天的时间有限，而我们每天面对的事务又是庞杂而纷乱，因此最好的办法就是每天在规定的时间内完成自己既定任务，每天坚持，即使有意外情况有所耽搁，也要坚持在下一个时间段补回来。这样下来，日积月累，又有什么事情不能取得成功呢？其实，每个人都有成功者的潜质，也都有成功者的远见，而唯一的差别就在于能否坚持到最后。

有这样一位成功者，多少年来，一直从事科研工作。由于成绩卓著，这位科研工作者还同时担任着另外几个行政职务，以及兼担各种社会事务，在此之外他还有撰写的任务。在每一项新工作开始之初，他都给自己制定严格的工作计划，每天按计划完成。一旦有意外事情耽搁，一定在另一时间加班完成，从不懈怠。在一次谈话中，他对我说：“其实，我的资质平平，又没有经受过良好的教育，之所以取得今日的成就，就在于我的坚持。我经受过常人都无法想象的困苦，就算在自己濒临绝望的时候，也不曾放弃过自己的梦想。”

他是我最为敬佩的人之一，当然他也并不是一个完美的人，但是他把坚持做得近乎完美，因此他成功了。他近15年的时间内，义无反顾地坚持做了一件事，我觉得他的坚持真的是很美丽。

心理的较量

应该记住这样一条诀窍：失败时，一定要有再次尝试的勇气。失败与挫折是任何一个人在追求成功的过程必然会遇到的。其实困难与挫折的本身不可怕，也并不是难以跨越，可怕的是由此产生的心理困境。正如在竞技场上，优秀的运动员之间，最终较量的已不仅仅是技艺而是心理承受力。在比赛中，比分总在起起落落，这比人生中的高峰低谷来得更加现实与迅速，你没有那么多的时间来调试自己的情绪，各种压力与纷扰重重围来。而人这种高智商动物，都与七情六欲在一生中牵扯不清。如何坚定自己的目标，排除所有干扰，勇往直前，是每个优秀的运动员都要面对的问题。谁能心无旁骛，直视成功，忽视一时的荣辱得失，谁就是最终的胜利者。

只有缺乏恒心的人才在心里将困难与挫折无限放大，使那些原本并不难以解决的问题阻碍自己的前行。真正的强者懂得，最可怕的并不是那些必然遇到的困难，而是没有面对困难、解决问题和坚持下去的勇气。在许许多多失败者中并不乏卓越技能和智慧超群者，唯一遗憾的也最为关键的是：当他们付出90%的努力之后，却放弃了最后10%的努力，最终导致了自己的失败。

凡尔纳是法国著名科幻小说家，在世界上享有盛誉。和许多成功者一样，凡尔纳在成功之前，饱尝了失败和挫折的滋味。凡尔纳的父亲是一名律师，颇有成就。因此，父亲非常希望凡尔纳能够子承父业，然而凡尔纳对父亲的职业丝毫没有兴趣。

儿时的凡尔纳就是一个喜欢幻想、爱冒险的孩子。一次，凡尔纳背着家人，以海上见习生的身份偷偷报名参加了一次前往印度的航行。但是，最终家人得知了他的行踪，凡尔纳的冒险行动未能成功。回到家后，凡尔纳被家人狠狠地教训了一顿。尝到了苦头的凡尔纳不敢再实践他的冒险行动，转而开始了他的幻想之旅。在他想象的世界中，小小的凡尔纳在整个世界任意遨游。

1863年的一个冬天，凡尔纳刚刚用完早餐，正准备前往邮局，忽然听到了一阵敲门声。凡尔纳打开了门，原来是邮递员。邮递员将一个鼓鼓的邮件递给了凡尔纳，看到了这个邮件，凡尔纳顿感不妙，因为就在几个月之前，凡尔纳将他的第一部科幻小说《气球上的五个星期》邮给了几家出版社。在这之后，他已经14次收到这样的回复了，而这次是第15次。凡尔纳忐忑不安地拆开邮件，果然《气球上的五个星期》又被一家出版社拒绝了。出版社无情地回复他："凡尔纳先生，经过我们审读，不予刊用尊稿，特此奉还。"每次凡尔纳看到这样的退稿信，凡尔纳的心里总是一阵绞痛。

一次次的痛苦煎熬，一次次的失望沮丧，最终让凡尔纳愤怒了，他发誓：从此再也不会写这些科幻小说了。凡尔纳拿着这些科幻小说的稿子走向壁炉，他要将这部被许多出版社退回的稿子付之一炬，以此宣泄自己心中的愤怒。就在这个时，凡尔纳的妻子赶过来，从凡尔纳的手中夺回了书稿，将它紧紧地护在胸前。她劝说自己的丈夫："不要灰心，咱们再尝试一次吧！也许，你这次就会遇上好运气。要知道，在通向成功的路上，那些放弃的人从来都不会在那里留下脚印。"渐渐平静下来的凡尔纳听从了妻子的劝告，再次尝试投稿。

果然，这次投稿没有令凡尔纳失望。第16家出版社在阅读书稿之后，立即决定出版这本书，并且与凡尔纳签订了长达26年的出书合同。

其实，每一个成功者的心中都有这样的信念：只有坚持到最后，才会看到人生最美丽的风景。在追逐成功的旅程中，必胜的信念和坚持不懈的韧性是人们成功的必要条件。许多原本拥有卓越能力、志向远大的人在开始一项新工作之前，却让这样的念头占据自己的脑海：如果这次没有成功，必然会面临非常糟糕的后果。现实是，他们一旦产生这样的想法，就失去了原本具有的信心、勇气和毅力。信念、毅力和勇气可以帮助每一个人将成功的种子埋入他们内心的土壤，成功者站在人生的巅峰上每每回顾自己奋斗历程的时候，都会感慨，自己在面对失败时做出了多么伟大而明智的选择：重新尝试。每一个有毅力的人都应相信，只要自己有勇气再来一次尝试，那么成功一定会降临到自己身上。

坚持到最后一分钟

柏拉图说："成功的唯一秘诀，就是坚持到最后一分钟。"在人生道路上，面对失败是不可避免的事。无论人们愿意与否，挫折与失败都注定要在某个时间、某个地点等待着。如果人们在失败时，能在最后一分钟都不放弃自己反击的机会，那么成功往往也会在此时降临。

有许多人，他们在树立目标之初，也能坚定不移地向着目标迈进，但是不久之后，他们就遇到了许多令自己无法抵御的诱惑，于是在不知不觉中转移了注意力。此时，他们生命的航道开始偏离原来的目标，而且越走越远。其实，成功并不是遥不可及的神话，在很多时候，许多看似强大的人却脆弱得不堪一击，而那些似乎注定要失败的人反而创造了奇迹，为什么？关键就在于，成功者坚持的那最后一分钟。

一位来自美国俄亥俄州名叫汤姆的拳击冠军在剑桥大学举行了一次演讲。面对着剑桥大学的师生们，他讲述了自己的经历。

18岁那年，汤姆的身高只有159厘米。那一年，他参加了一场非常激烈的比赛，他的对手30岁，身高179厘米，而且是连续三年蝉联俄亥俄州的拳击冠军。这一位身材魁梧的黑人拳击选手最擅长的是左勾拳，令无数对手闻风丧胆。当主持人宣布这位黑人选手入场的时，全场观众为这个黑人选手响起了热烈的掌声。这的确是一个十分有实力的对手，当时在人们看来，这个身材高大的黑人选手必然会毫无悬念地赢得这场比赛。于是，当主持人宣布黑人选手的对手上场时，全场响起了一片嘘声。但是谁也没有想到，在这场看似实力对比悬殊的比赛中，那个看似注定失败的人，竟神奇般地打破了那位黑人拳击选手蝉联冠军的美梦。

其实，当比赛开始的时候，的确与人们预想的情况丝毫不差。老练的黑人选手一次又一次地击中了刚刚走上拳击赛场的汤姆。在对手强势的拳头中，年轻的汤姆浑身是血，牙齿被打掉了半颗，但他却丝毫没有找到能够战胜对手的办法。很快，中场休息的时间到了。

在休息的时候，年轻的汤姆跟自己的教练吉比说：“这场比赛对我来说，无疑是鸡蛋碰石头，我想退出比赛。”可是，吉比教练却不赞成他这样做。吉比教练说：“不，汤姆，你能行。你不要害怕受伤，也不要害怕失败，只要你能够坚持到最后，你就一定会是胜利者，我相信你的实力。”听到教练的鼓励，汤姆改变了自己放弃比赛的想法，重新回到赛场上。

在接下来的比赛中，魁梧的黑人对手的拳头不停地落在汤姆身上。在旁人看来，即使汤姆拥有可以还击的机会，他也无法赢得这场比赛。

此时的汤姆任由对方有力的拳头打落在自己身上，发出空洞的响声。汤姆感觉到，他的灵魂似乎已经脱离了自己的身体。然而，汤姆仍然牢牢记住吉米教练的话：“只要能够坚持到最后！”

不停地进攻使当时实力强大的黑人对手渐渐疲惫了，而汤姆的顽强坚持也使黑人对手产生了畏惧心理，此时汤姆迎来了决胜局。在决胜局中，被打得遍体鳞伤的汤姆开始真正地反击。汤姆的汗水和血流满了全身，也模糊了他的双眼。凭借着坚强的意志，汤姆一拳又一拳地击向对手，同时汤姆眼前出现了许多模糊的身影。面对着令他眼花缭乱的模糊身影，汤姆告诉自己：“一定要坚持到最后！”在最后的时刻，汤姆的眼前有无数个身影在晃动。汤姆告诉自己，中间那个不动的身影一定就是他的对手！于是，汤姆鼓足了劲，对准中间那个身影猛力一击……

随后，裁判举起了汤姆的手，吉比教练也跑过来抱着他又唱又跳。此时，汤姆才发现，自己胜利了，而对手早已倒在了赛场上。

在现实生活中，很多人都会遇到与汤姆类似的情况。这些人看上去不具备成功的天资、机智和才能。除了毅力，几乎找不到任何能够帮助他们成功的条件。然而他们就是凭借着这股惊人的毅力，在其他人选择放弃的时候，这些人选择了继续坚持，于是他们成功地将自己的愿望变成了现实。

在一步步接近成功的时候，任何情况下都不要对自己轻言放弃。一旦人们产生了放弃的想法，这个放弃的想法会以超乎想象的速度膨胀。放弃的想法会一点点撼动人们的决心，最终使人们放弃自己追寻已久的目标。

每一个渴求成功的人都应该做到：无论在何种情况下，都要让自己坚持到最后一分钟，永不轻言放弃。世界上没有任何东西可以代替毅力这样东西，拥有毅力的人，无疑是幸运的，它会让人具备无穷的智慧和克服困难的能力，它让你拥有一股百折不挠的强大力量，在它的支撑下，你会找到通向成功的道路。一旦选择决不动摇很多成功人士都信奉这样一句格言："一个人的思想决定他的命运。"正是这句名言，让许多人有了坚持不懈的毅力。其实，阻碍一个人成功的最大障碍并不是老谋深算的对手，也不是嫉贤妒能的昏庸领导者，而正是你自己！现实生活中有许多这样的人：他们才华卓著，能力出众，然而他们却有一个致命的弱点，那就是不能坚持自己的梦想。

这些人畏惧生活和事业生涯中必然出现的曲折坎坷，缺乏寻求解决问题的勇气，选择逃避现实，甚至放弃。由于他们没有坚持的勇气，使得自己始终无法超越现有水平，最终让自己与成功之间隔着一道不可逾越的沟渠。

有一位穷困潦倒的年轻人，他有一个美好的愿望：成为一名优秀的演员。虽然，这个美现梦想离他的现实生活是那样的遥远，就宛如那高高挂在天上的月亮。然而，年轻人依然全心全意地坚持自己梦想。

他寻找出好莱坞500余家电影公司，然后按照计划和线路将这些电影公司精心排列好顺序，带着他为自己量身定做的剧本前往这些公司逐一拜访，不幸的是没有一家公司愿意接受他的剧本。这个遭遇了百分之百失败的年轻人丝毫没有灰心。当他被最后一家电影公司拒绝时，他又来到自己计划表上的第一家电影公司，开始第二轮的自我推销。更不幸的是，在第二轮自我推销中，500多家电影公司依旧都拒绝了他。难能可贵的是，重新遭遇了百分之百失败的年轻人仍然没有放弃，并紧接着开始了自己第三轮的自我推销。这个年轻人在自己第三轮自我推销中依然遭遇了百分之百的失败。不过，连续三次百分之百的失败并没有使年轻人对自己的梦想有丝毫的动摇，他依然坚持自己的电影梦想。

果然，这个年轻人在自己第四轮自我推销中迎来了人生的转折点。当他拜访完349家公司之后，第350家公司向他敞开了大门。这家公司留下年轻人的剧本，并告诉他：公司要先看一看剧本。几天之后，这个年轻人接到这家电影公司发来的通知，请他前去详细商谈。最终这家电影公司决定：投资拍摄这部电影，并且热情地向年轻人发出邀请，希望他能在自己撰写的电影剧本中担任男一号，这部电影就是《洛奇》。这个年轻人就是席维斯·史泰龙。这部名叫《洛奇》的电影已经成为电影史上永远不可抹去的靓丽风景，而席维斯·史泰龙也成了电影史上具有代表性的人物。

无论你正经历着什么，过得是否开心，世界不会因为你的疲惫，而停下它的脚步。那些你不能释怀的人与事，总有一天会在你念念不忘之时早已遗忘。无论黑夜多么漫长不堪，黎明始终会如期而至。

CHAPTER

05

静安韶华

向阳而行

现实会告诉你，如果你不努力就会被生活踩死，一年后的你还是原来的你，只是老了一岁而已，所以努力并不是为了感动谁，而是人往高处走，自己有能力选择用自己喜欢的方式过自己的生活，为了未来美一点，现在必须苦一点，低头不算认输，放弃才是懦夫。

世界很大，别轻易就说放弃

1

我有一个学渣朋友，他有一个很好的天赋，就是声音。

以前高中的时候就经常会主持一些学校的晚会，或者被市里省里邀请去朗诵，参加比赛之类的。

在艺术这方面他很有优势，而且很有天赋，每次都是老师稍微指点，他就能掌握发声技巧，屡屡被夸奖。

而且他艺术方面的优秀，掩盖了很多其他的不足，例如他文化课特别差，考试成绩总是垫底这个事实。

但是他好像不是很愁这方面的问题，高考的时候，在他文化课水平不达标的情况下，就被某高校的播音主持系破例录取了。

那时候他都是我们羡慕的对象。

我们都以为特长只要足够长，就可以去“争霸天下”了。

最近在一次聚会里又重新遇上了他，得知他目前已经在读某高校的博士，让我们惊叹不已。

而且不是播音系，跨系了呢，还是文科哲学专业。并且他的英语过了八级，把我们都吓坏了，简直就是逆天。

回想当初高三的时候，他可是连一到十的单词都写不完的呢。

从一个学渣到一个学霸，中间需要经历些什么？

我们都非常好奇的时候，他淡淡地说了一句，其实没什么的，就是到了大学之后，才发现，自己的水平实在太差了，身边的人都太厉害了，自己不进步，就会跟不上。

例如一条英文资讯，人家拿到手就能很流利地念出来，口语还很好，自己却要不停不停地练习，而且还不敢开口说。

他后面说的话，感觉像是一把刀一样，插在我们的心口。

以前觉得自己特别牛，就算成绩不好，还是可以上比别人好的大学，但是真的接触了这个层次的人之后才知道，那些不仅声音条件好的，而且学习成绩也好的人，多了去了。

接触越多人，越觉得自己渺小，要是还觉得自己不可一世，那么就真的混不下去了。

知识力量不够的情况下，人真的很难有十足的自信。就会希望自己能做得更好一些。

当你见识了更高层次的人之后，你就会越想去奋斗，看到了这些厉害的人离自己那么近的时候，就越想去靠近。

但是自己不够优秀，不够厉害的话，根本就靠近不了。

这样的推动下，就会让自己愈加地发奋。

记得有一位老师曾经跟我说过，身边太多厉害的人值得学习了，现在都觉得自己活的时间不够长，太多想要知道了解的东西还没去学习，一辈子的时间太短了。

层次越高的人，越觉得时间不够用，越是会觉得人生太短，因为他们找到了人生的正确打开方式，好奇心催使不停地去探索未知领域，心里不断地获取到满足感，幸福感也骤然上升。

2

而那些曾经读书非常厉害的同学，他们现在又在做什么？

小郑是我读高二的时候班里的班长，她的数学特别厉害，当时老师都极力推荐要她以后大学去读理工科，觉得她会在这方面有很好的作为。

但是没想到小郑在大学毕业后马上就结婚生孩子了，回到了我们当地的小城市生活。

想进入一个稳定的事业单位工作，无奈公务员考了几年也没有考上，上一次问的时候，她说她放弃了，不打算再考了，反正都考不上，不想再挣扎了，而且书也看不进去了。

对于她的情况我是非常痛心的，本来大学的时候她已经被保研了，可是自己却放弃了，我问她就这样过一辈子了吗？

她跟我说，其实看着身边的人，觉得自己受教育水平还是挺高的，应该足够我这辈子用了，本来我也想要不要再去深造的，但是我老公说，读书没用，还不如想想怎么去赚钱。

放眼身边，那些对自己的知识水平满意的人，认为目前的情况已经足够自己生活一辈子的，身边跟着的都是一群平庸的人，他们就像是活在了自己的世界里，自我陶醉。

其实对于他们本身而言，这样的生活其实是没有问题的，因为他们不知道天外有天的天是什么颜色，人外有人的人是什么样子的。

但是他们会对生活这方面有更多的怨气和不满，那些说一辈子很长的人，其实都是没有找到真正自己想要做的事情，他们没有认清自己，他们是没有体验过真正的人生。

而层次越高的人，越会觉得生活有趣，越是会对生活有好奇心。

见识越多，想知道的就越多，自然就会想要自己提升得更多。

层次低的人，反而很容易放弃自己，放弃人生，因为他们找不到奋斗的目标和方向，只是一味盲目地活着而已。

所以思想底层的人，更容易对生活失去信心，生活意义的阳光总是照不到思想底层的人身上去，是因为他们就没有想过要冒出来去见见太阳。

而这样的恶性循环，让人失去了对生活奋斗的意义，他们会觉得，只要我活着，有饭吃有地方住，还能赚一些钱让自己花，生活就满足了。

更可悲的是，他们觉得奋斗，是一件会让自己很累的事情，并不值得为之付出时间和精力，反正自己已经活得很好了。

可是这些处在思想底层的人根本不知道，自己这样的心态，将会影响下一代。

他们放弃的不只是自己的人生，还是自己后代的人生。

为什么那些越好的家庭就越过越好？因为他们给予后代的不是财富，而是一种追求精神。

3

阳光普照的人生是怎么样的？

他们都是很忙碌的，没有时间去惆怅，没有时间迷茫，更没有盲目一说。

我知道一位作者，她就是为了自己喜欢的事情一直在奋斗，从来不说累，她一直都活得很开心。

大学年轻的时候，她看着时尚界的人很光鲜，自己也很羡慕，就逼着自己也要成为这样的人。

最后她的确也做到了，走入了时尚圈，还进入了娱乐圈，差点还做了明星。

一轮打拼下来之后，觉得自己的知识水平不是很够，又回去读了一个博士。

博士毕业之后，觉得写作是一件很有趣的事情，就埋头开始写作，出了一本超级畅销书。拿到了一笔超大稿费。

然而这还不是她奋斗的终点，现在她又一头钻到摄影里去了，拿着相机，周游列国，拍出了各种让人觉得惊艳的照片。

她说，这个世界真的有太多有趣的事情了，我要在我有生之年多学一些，多体会一些，这样才没有浪费我的这一生。

4

她也是一位从农村走出来的姑娘，大学后，接触了她的一位英语老师，又美又时尚，人还特别好。告诉她很多关于时尚的事情，还给她看了她自己的各种名牌。

这个作者说，当手里拿着一个十几万的包包的时候，就觉得，以前遥不可及的东西现在触手可及了，原来就是那么近，那些所谓的有钱人，其实也只是人，他们也是正常生活着的人，当出现了一种觉得自己也可以有机会拥有这一切的感觉的时候，奋斗的心就来了。

这位老师跟她说了一句话：

不要把这些都想得那么遥远，你觉得这些东西离你都很遥远，那是因为你还活在你以前的层次范围里，而我现在把这一切都告诉你，给你最真实的物品，是把你从你的层次里拉出来，去真实地看到不一样的东西，而不是用幻想去想象一个十几万的包包是怎么样的。

她说，是她的老师让她看到了这个社会的层次，让她冲出了原有的固有思想。

越是体验过美好的人，就越是想要留住美好，然后自己就会想办法让自己过得更好，能沐浴到更多的阳光。

而那些层次越低的人，越是会觉得生活是一潭死水，激不起一点的波荡，因为他们看不到阳光，越是在这样的环境下，他们就更容易放弃自己，失去了奋斗的动力。

社会从来都不是平等的，它对勤奋向上的人都特别照顾，而那些越是生活艰难的人，就越不会去想怎么提高自己，他们会用一种“就这样、就可以了”的思想麻醉自己，活在自己的世界里。

所以当你想要冲出自己的层次的时候，经常会听到一些声音：

折腾那么多干吗？累死自己。

学那么多又有什么用，可以赚钱吗？

给你拥有全世界又怎么样，最后还不是要死。

那些花几十万去买一个包包的人，真是有病吧，还不如拿这些钱去……

他们不是给你人生建议，他们是已经放弃了自己的人生了，还来建议你也一起放弃。

你可以一天上九节课三节晚自习，可以一天写完两支笔芯做至少三套卷子，可以早起十分钟晚睡十分钟记几个单词和成语，可以用玩手机的时间弄懂一道数学题，用看杂志的时间写完一篇英语阅读，可以把K歌看电影聚会时间都用在学习上。总有人比你努力，可怕的是比你牛的人比你还努力，你还好意思玩下去吗？

记住，你是最好的！每个人都在奋不顾身、加倍努力，你没有理由一边委屈一边抱怨人世寒冷。给自己多一点疼爱，对生活多一点信心。只要今天比昨天好，就是前行路上最大的幸运。生活需要不同调味，或苦辣或酸甜，不论你正感受哪种味觉，请记得爱自己多一些，给自己多一点甜。

为了自己而好好活着

1

在别人眼里，他是大神级别的存在。

颜值高，能力强，什么事都能做出惊艳的效果，完美得简直像处女座。

他考名校，搞科研，发SSCI，一路遥遥领先，被身边的同龄人深深羡慕着。

一次喝茶，他对我说，他很迷茫。

为什么而迷茫?

以他的模式发展下去，以后要么进研究所，要么在高校任教。而两条路，都不是他真正向往的。

他说：我一路走过来，想的都是怎么比别人更好。到了如今，我发现根本不知道自己想要什么。我一直努力比身边的人更优秀，可是猛然一抬头，发现其实我对我所在的领域，根本谈不上喜欢啊。

他确实是一个竞争心很强的人，他曾对我说：我知道这世界上有很多人比我厉害，但如果那个人就在我身边，我就会很不舒服，一定要超过他才行。

一直以来，他以“我要比别人更好”作为目标，一路快马加鞭，靠超过别人来获得优越感。突然有一天，他发现，他走的路，或许是别人艳羡的，但根本不是他想要的。

我为他叹息：喂，你又不是活给别人看的。

2

她和男朋友分手了。

一个人的日子里，她健身、看书、学吉他、学日语、学化妆搭配，让自己变得更优秀、更有女人味。我以为她很豁达，直到有一天，她问我：你觉得让前任后悔的方法是什么？

我一时答不上话来，她若有所思地喃喃道：我认为答案是过得比他好，你说呢？

我这才了然，她努力提升自己，是为了有一天，重逢于街角的咖啡店，能让他又惊又悔。

她每日在微博上晒着小确幸，朋友留言说，你快把日子过成诗啦。只是那个她努力想引起注意的人啊，一直无动于衷。

她收到前任结婚的请柬，没去，在家里大哭了一场。

她终于不甘心地承认：都说分手后要让自己活得漂亮，可是你活得有多漂亮，已经不爱你的人，都不会在意的。

又过了一年，我再见到她，她还是活得精彩。

这一回，她坦然地说，她要变得更好，不为任何人，只为了自己。

3

他出身医生世家，本硕连读，后来回了家乡工作，买了房也买了车。

在街坊四邻的眼里，他是“别人家的小孩”，听爸妈的话，在父母见得到的地方做着一份体面的工作。

别人说他温润如玉，他却自嘲，性子软弱，不爱反抗的。

他自小喜欢的，其实是画漫画。那时候有一个笔友，他给笔友寄的信里，每次都会附上他的漫画作品。可是做医生的爸妈觉得他那是不务正业，唯有当医生才能更好地利用家里的资源。他很听话，乖乖地选了理科，念了一所医科大学，毕业后，回到省城进父母安排的医院工作。

现在，他的父母对他唯一的念叨就是，早点娶媳妇。

可是，他做不到啊。

他是个同志，父母却盼着为他张罗一场喜宴。

因为这件事，他一直很内疚，觉得不能满足二老的期待，实在是对不住他们。

他一直活在父母的期待里，到头来却发现，别人的期待是不会有尽头的。

《无声告白》里，莉迪亚的父母盲目地把自己未完成的梦放在女儿身上，女儿莉迪亚盲目地想让父母开心，于是一味地承受和伪装，最终，这个过渡承载了父母期望的女孩，走向了不归路。

书中有这样一句话，沉重而严肃：“我们终此一生，就是要摆脱他人的期待，找到真正的自己。”

4

真怀念小时候，我们摘下花把指甲染红，就能美上一个下午；逗一只大狗，就能玩上一个钟头；简简单单一个跳皮筋的游戏，就能流行上一整个学期。

那时候，我们多么擅长自娱自乐，不需要为了别人的眼光而活。

现在啊，我们当中，有的人是为了别人羡慕的眼神而活，有的人是为了让别人后悔而活，有的人是为了别人的期待而活……

别人的眼光会变，所以活给别人看的人，往往身不由己。

总是为别人而活，太累。真想学一学怎么取悦自己。

努力是生命的一种状态，是人生的一种态度，无关乎年龄。无论什么时候，都别找借口放弃努力，保持努力向上的状态，即便不能成为优秀的人，也能慢慢成为受欢迎的人，在问题出现的那一瞬间，一定要控制好自己的情绪，不要发火，不要偏激，不要说出什么过激的话，要懂得忍耐。

人生会经历三次成长：第一次是发现自己不是世界的中心；第二次是发现即使再怎么努力，终究还是有些事令人无能为力；第三次是明知道有些事可能会无能为力，但还是会竭尽全力。

咬牙坚持，只为不辜负这大好时光

1

长到三十几岁，我不得不承认，这世上真的有天才。

小学五年级的时候，我们班转来一个男生，成了我的新同桌，名字叫陈默寒。他的容貌，我早就记不清了。脑海中深深烙印着的是，他有传说中过目不忘的本领。

那时候，语文书上所有的新课文，他只要读一遍，静默几秒，就可以完整地背诵出来。这项技能被语文老师发现后，开心得手舞足蹈，一下课就让他去教学校长那里表演。回来的时候，陈默寒的脸微微泛红，粗声地喘着气，紧张得一直不敢抬头。我悄悄给他传了一张纸条表示祝贺，可他吓得攥在手心里怎么也不敢打开。

然而，默寒的成绩并没有好到惊人，所有需要记忆出马的，他都手到擒来，但逻辑思维方面却并不出众。小升初的时候，我们学校推优，他服从分配去了一所不算太拔尖的中学，之后便没了他的消息。后来，有人遗憾地说，默寒已经泯然众人了。

2

第二个天才是我的高中同学薇薇，不到1.6米，人巨瘦，好像永远都没什么力气。她从来不参加体育活动，也不健身。高一的第一节体育课，800米摸底。体育老师说，跑个七八成功力就行。一声哨响，薇薇跟匹脱缰的马驹一般，噌地窜了出去，这速度快得让全场人都蒙圈。

她跑到第二圈的时候，我们刚过200米。最后，薇薇以两分三十几秒跑完全程，听说都快到运动员水平了。而我们一众女生还在嗞哇乱叫地，为三分五十秒的及格线努力。

后来，我和薇薇成了好朋友，我非常好奇她小小的体内怎会有如此惊人的能量，也尝试着去探查她的成长过程中有没有什么奇遇。

那时的我，心智比小时候成熟多了，不会再轻易放走近距离研究天才的机会。可是，薇薇的饮食比常人还要少，除了吃虾不吐皮这一点，她普通得不能再普通。

最后，薇薇也没有选择当运动员。听说，后来她去了大国企当会计。如今最风光的时候，就是集团每年的春季运动会。整整十年，她代表财务室出征，包揽了各类跑步项目的第一。

3

我常常在想，为什么老天爷这么不公平，好像天才总是别人，平凡的总是自己。我也热爱音乐，想要唱出动人的旋律，可我从来就听不准音阶；中考800米体测更是生命中不能承受之重，我捆着沙袋跑了三个月，才刚刚跑进及格线。也就记忆力还马马虎虎，谈不上过目不忘，但瞬间记忆的能力较强。记得上大学考现代文学，我漏看了郁达夫的写作风格，临考前三分钟，补了五大页笔记，最后一道大题居然真的是考这个。我洋洋洒洒侃了一大篇，最后成了我们班的最高分。

这么想来，上天对我也不赖，虽然没有哪一方面技压四方，但好在也没有特别差劲的地方。脑子不算太笨，动作也算敏捷，无风无浪地长大，平凡却也安稳。

我知道，这世上的大多数人都和我一样，羡慕过身边某个光彩照人的偶像，惊讶过班里某个才艺过人的同窗，然后在众人艳羡的神情中搓着衣角，渐渐暗淡了目光。

人的一生会遇到成千上万人，而我只遇到了两三个天才，我见得更多的是没有惊人天赋只有满腔热血的普通人，他们逆风飞翔，比任何人都勤奋努力。比起那些一登场就狂拽炫酷的牛人，我更欣赏那些超级努力坚持到底的普通人。

我们都没有通关秘籍，所以能安心屡战屡败、屡败屡战地生长。少了一些轻而易举地收获和理所当然的成功，人生并不会怎样。

4

记得有一次去看一位年轻画家的小型画展，她笑靥如花地立在门口和大家攀谈，一个记者模样的人盛赞她的画气韵生动、深刻独到，她本人更是不可多得的天才画家。年轻画家笑了，她说：天才画家？我小时候画画，常常被老师罚站，因为我资质平庸，总是不得要领。后来，我的同桌开始讥讽我、孤立我，让全画室的孩子们一起给我起外号。那时候，我埋怨老天爷，为什么不能给我多一点天赋。

后来呢，众人听得入了迷，急着知道画家命运转折在何处。

她眯着眼睛说，后来我就告诉自己，日日苦练，勤能补拙。再后来，就像看书一样，书读百遍，其义自现。日夜苦练的我如开了窍一般，终于进入了绘画这座艺术的殿堂，我越画越自如，越画越自信，最后成功地举办了画展。天赋这东西，确实很重要，但它也只是能帮助我们成功得更简便些，并不是人生畅行无阻的直通道。

天赋就像马路上被别人捧在手中的新年礼物，它们包装精巧、细致美好，但你却偏偏没有得到。与其失望怨怼，不如坦然接受，明明白白地做个普通人，脚踏实地地努力，理所当然地奋斗，安心接受命运给予我们的所有平凡，不靠偶然也不靠侥幸，靠自己来一场漂亮的反击战。

什么能真正地感动我们？不是天才嘴角那一抹迷之微笑，而是你满脸汗水和泪水，却仍然咬着牙奋力地奔跑。

不是你努力了就一定能成功，但更不是你不努力就能成功的，你家里的父母，你未来的家庭，都得靠着你呢，你就坐着泄气啊？为什么别人没有拼爹拼娘一样知道努力，你就自甘堕落。没有后台，没有背景，没有关系，那就去比未来，去拼前景，去靠志气啊。与其'等死'，努力一下又不会死。

我们常常高呼青春万岁，大概我们都以为青春不羁并且长远。等到真的走在青春的边缘，才发现那些曾经想拿来努力拿来做梦的青春已经无声地流走。可即使还能重新来过，我还会毫不犹豫地将它挥霍。因为我不想老了之后，没有一个回忆起来能让我嘴角上扬的青春。比起失败，我更害怕遗憾。

愿你们青春荒唐却不辜负韶华

有些路，只能自己一个人走

或许刚刚步入大学的我们并没有太多的想法，但是，我们应该意识到一个问题，高中的时候，大家为了同一个目标——高考得胜而去奋斗，身边的人每天上一样的课，做一样的练习，读一样的书。而到了大学呢？一个宿舍的同学，有的人每天逃课打游戏，有的人每天忙着做兼职，有的人在学生会各个部门之间周旋，有的人从不缺课还要晚上坚持去图书馆。

仿佛大学成了一个分水岭，大家开始走不一样的路，过不一样的生活了。那么，你又该何去何从？所以，大学一定要有专属于自己的一条主线，而这样的好处是什么呢？

打个比方：如果我的主线是考研，那么在该加入学生会还是该去兼职还是该去上自习之间快速地做出契合自己主线的选择。我相信，这也是很多人建议大学四年一定要有一个很好规划的重要原因。知道自己要做什么，知道自己的主线在哪，才不会活的糊里糊涂，才能自己一个人走好自己的路。

学好英语很重要

如果你问自己那些已经从大学毕业多年的哥哥姐姐们自己该不该加入学生会？你可能会得到很多种不同的答案。

但如果你问他们对你的大学有什么建议？其中一定有一条，把英语学好。

通过英语四六级也许并不是什么牛逼的事，但是通过英语四六级，在别人眼里你可能变成一个牛逼的人。对于身处二流大学的我们来说，英语四六级的成绩极有可能成为我们大学四年之后唯一的可以拿出来证明自己的资本。

如果有人告诉你学英语没有用，或者四六级的证书没有用，你信吗？且不说英语四六级可能和保送研究生、就业等有很大的关系，起码我们应该证明自己，不留遗憾。

我也相信，很多人都已经意识到了四六级的重要性，却望而却步，或无从下手。那题主可能很残酷地告诉你，学好英语从来就没有捷径可走。但题主也很欣慰地告诉你，通过英语四六级只要去付出再加上正确的方法，就可以顺利通关。单词很重要，单词很重要，单词很重要，重要的事情说三遍。我当年是买的星火的小册子，每天记20几个单词，坚持了两年多。从四六级考试的前两个月开始，每两天一套真题或模拟题（基础好的建议用新东方，比较薄弱的建议用星火）。

还有一点，很多人今天记得单词可能明天就会忘，题主觉得忘就忘了，因为你没用，怎么可能一直记着。每天只要按计划去记，当真正在阅读里运用的时候，那种对单词似曾相识的感觉，才会让你把单词记得更牢。

学生会没那么重要

诚然，在学生会里混代表我们有一定的组织能力，有一定的人脉基础，甚至有相较一般学生的一点点优越感，这貌似已经越来越成为大家的共识。但我想说的是，学生会没有那么重要，更没有那么神秘。

也许大你几级的部长、会长，有机会和你在同一个考场里见面。也许那些在低年级学生面前趾高气昂的干部身上并没有多少闪光点。我不是反对加入学生会，我只是不同意说学生会是一个多么多么锻炼人的地方，毕竟，我见过太多以学生会为名义逃课，因为学生会的琐事而浪费大把时间的人。

我更希望，你加入学生会是因为这个平台可以教会你做事的方式，而不是每天对老师和上级讨好，是因为这个平台有一些闪闪发光的朋友吸引着你，而不是陷入一种高人一等的幻觉之中。如果不是，请别再浪费自己的时间。

一定要多读书，多旅行

找几本好书，让自己变得不一样，我相信一个在图书馆里认真看书，认真做着读书笔记的女生或者男生，绝对比整天逛街或打游戏的女生男生更有魅力。

其实，我们太年轻，很多东西需要有一个媒介去引导和启发，而读书毋庸置疑是最好的选择。

更重要的是，如果我们不知道自己喜欢什么，多读读书也许慢慢地就会有一些自己的想法和乐趣。而如果我们迷迷糊糊地知道自己对什么貌似有点兴趣，多读点书，我们可能会从中找到把兴趣变成专长的方式。多读书，哪怕只是为了让自己有独立的想法和思维方式。

很多人可能看到多旅行觉得太过矫情，而我说这个是太过现实。从你上大学的那刻起，绝大多数人可能在一生中没有哪个阶段的空闲时间可以和大学媲美。

多旅行，不是要诗意，而是要回忆。不是要炫耀，而是要经历。不是说大学一定要旅行，而是如果大学不旅行，以后，没有那么多自由的时间。所以，哪怕是穷游，也要多跑跑，多逛逛。

挂科并不光荣

可能很多人觉得我说了一句废话，因为即便是‘大学没有挂过科，不算是完整的大学’这样的言论盛行的现在，我相信也没有人愿意去主动挂科。那意味着一个假期的忐忐忑忑和每次开学的压力山大。

我担心的是，你慢慢地习惯了自己的这种状态，你慢慢地看着挂的越来越多的科目变得麻木，那个时候也许对你真的没有什么是有所谓的。我相信，这样一种状态的你，离开大学的那一刻必定是一无所有的你。多么可怕，四年，你什么都没有留下，却带走了一个不再年轻，不再有斗志，麻木的你。

一定要自己赚一次外快

常听身边的朋友说，等到了社会，才发现原来钱这么难挣。不知道此刻在大学里的你，有没有这种体会？

我们中的一些人，可能会看不起身边那些为了一小时几块钱去做兼职的同学，但我相信他们肯定比我们更能早早地体会到这个社会真实的一面。所以，大学里，请至少去做一次兼职，坚持几天就好。

我只希望，你能通过自己的手，赚哪怕是不到100块钱，只要能体会到从别人的手里挣钱的难处就好，只要你可以在事后想想，你究竟可以做成什么事？你需不需要在踏入社会之前再多做一些准备，再多提升一下自己就足够了。挣钱真的很难，赚一次外快，想想自己，想想家人，想想未来。

不喜欢本专业，起码找点自己喜欢的做点成绩出来

听过太多的不喜欢这个专业，是因为被调剂了被迫学这个专业、不感兴趣等等这样的话，然后仿佛这个借口与你毫无关系，却可以成为你成绩不好，门门高挂的挡箭牌。

那你喜欢什么？你自己说啊！

我敢说，经常说这话的人，最后都喜欢上了借口，懒惰，迷茫。如果专业课不去上或者学不好是因为兴趣问题，那么剩下大把的时间你可以都放在自己喜欢的事上，做点成绩出来啊！到时候，我喜欢你可以昂首挺胸地说，这个专业我不喜欢，但我找到了自己喜欢做的。

能够坚持早起和跑步的人，你和人家真的有差距

早起没什么了不起，跑步更没什么大不了的，但能够一天一天去坚持，一个月一个月去做的人，你真的和人家有差距。

我从未见过一个坚持了两个月早起和跑步的人会突然放弃，和你一样睡大觉。

当你自己去做的时候，你才会发现原来坚持是这世界上最痛苦，也最充实的事。不妨看看身边那些这样做的人，看看他们的状态，看看他们的面貌，真的和你不一样。如果信我，请什么都不要管，你就这样坚持一个月早起跑步，然后，看看自己会不会发光可好？我敢打赌，你会发现一个全新的自己。而且，如果身边没有这样的人，请勇敢的无畏流言，做第一个。

你不得不信，人生来就有差距

以前学习好的同学貌似拥有整个世界，等你上了大学，可能感觉到同学之间有很明显的物质差距。也许你一年的生活费只是某些人一个月开销的一部分，也许你努力去拿的奖学金助学金别人却连申请都懒得写。到了快毕业的时候，你急得焦头烂额，简历投了一份又一份，而别人恐怕只等着拿毕业证上班。

人生来就有差距，甚至单单是家境的差距就是你再努力也企及不上的高度。

所以，看着别人任性，请先想想你有没有任性的资本。看着别人张狂，想一想你的将来要靠什么张狂。人也许生来就有差距，家境，智力等

等，但请相信，你要是还不努力，你连反击的机会都没有一点。

假期实习助你脱颖而出

我们终究要走上社会，如果说我大学最后悔什么，那一定是没有提前出来历练。其实，你只要去精心制作一份有足够诚意的简历，找一份实习的工作并不难。

当然，我说的是在一些一线城市。提早地了解自己专业将来在社会里的分工，提早熟悉一些自己有可能进入的行业领域，提早在自己感兴趣的工作上积累一些零散的经验，真的很有帮助。实习并不代表工作经历，却可以让你清晰的了解甚至预知未来。

说一些不好听的话，我们的老师可能从学校拿到博士或者博士后学位的那一刻，就一直在大学里工作直到退休，他们对社会的了解可能很多来自自己的子女或者听闻。

所以，社会真正是什么样子？你感兴趣的工作究竟是什么样子？孩子们，请提早行动，才能提早掌握优先权。

北上广没那么可怕

从何时开始，大家谈论起北上广，有些谈即色变的意思。节奏快，压力大，住房贵，消费高，空气差，交通堵，竞争强成了北上广的标配。

有时候，我们听到北漂这个词觉得距离自己很遥远。在这里，我希望告诉你这样一个事实，每年校招季节，可能我们这些二流大学中一个销售，一个人力资源，一个工人，这样最基础的岗位都有成千甚至上万的人去争去抢。拿着宝贵的三方协议，随时打算把自己三十岁之前宝贵的青春断送出去。

我并非对校招有偏见，而是我相信有太多的人在投出那一份简历时都不知道投的这个职位是干什么的。

工作是很难找，可是我相信，一个对自己希望从事的行业或职业有过一定的了解和准备，一个踏实真诚认真有活力好学的应届大学生，一个对薪酬要求不那么高更愿意锻炼的年轻人在北上广很容易有一份适合自己的工作。而它绝不比校招所提供的差。

年轻人眼界可以放得开一些，多来北上广看一看，找一找，反正我们本就一无所有。

希望你的能力撑得起你的爱情

毕业季即分手季，总有它存在的道理。以前觉得爱情被现实打败，是因为爱得不够深。后来才发现，爱情被现实打败，是因为一直活在理想里，不知道现实有多现实。

爱情怎么来都行，可生活不同。

相恋怎么美都好，可走到最后不同。如果一个姑娘愿意在你一无所有的年纪将自己的青春送上，将来分手时请一定不要说是因为不爱。如果一个小伙子愿意将生活费攒下来给你惊喜，将来分手时请一定不要说是因为他给不了你想要的。

两个人在一起，从来就不是简简单单的甜蜜，反而是一起承担，一起成长，一起拼搏。当你的能力撑得起你的爱情，你才会嫁给最好的他，因为爱情。

你已经不小了，年龄也是竞争力

你可以算一算，大三的你如果是22岁甚至是往下，你该开始有一点危机感了。

很多人在你这个年纪，已经大学毕业在社会上开始打拼，已经开始研究生的全新生活，这都是真的。请注意，我说的是很多人。你每天在大学里叫着外卖打着游戏，和你一样年龄的人可能正在加班加点的赶项目，你每天担心着老师点名和挂科，和你一样年龄的人可能正在一边工作一边为出国备战雅思托福。

从你踏入社会的那一刻起，你该意识到年轻就是实力了，年龄小可以在自己喜欢的行业里摸爬滚打反复重来，年龄小可以凭着一股激情不计后果地往前冲在失败里积累经验，你可以吗？你已经不小了，你活的真的太安逸了。

请至少做好当下的事，人生再没有这样一个四年

如果你依旧迷茫，请至少做好当下的事。读二十几本不错的书，去十几个不错的地方，试着考点有含金量的证书，保证每一门功课都顺利通过，慢慢开始养成一些不错的习惯，多结交几个身上有闪光点的朋友，多了解了解新闻，有时间再掌握几个比较常用的图片处理或者办公编程的软件，就这样平淡的四年也很好。

人生再也没有这样一个四年，只要你不做犯法的事，你可以做任何事，不论傻逼牛逼。人生再也没有这样一个四年，跌跌撞撞，悲悲喜喜，走走停停。人生再也没有这样一个四年，你可以凭心自由而活，纯粹为自己而活。

每一个走出校门的我们都很羡慕你们

我们不再有你们的幼稚，却也不再有你们的烂漫。我们不再有你们的荒唐，却也不再有你们的折腾。我们不再有你们的时光，因为大学变成了回忆。我们很羡慕你们，尤其是你们这绽放最狂野的年少。

唯愿你们青春荒唐却不辜负韶华！

要逼自己变得更优秀，所以，要对自己狠一点、逼自己努力；再过三年或五年，你将会感谢今天发狠的自己、恨透今天懒惰、自卑的自己。愿你在薄情的世界里，深情地活着，让那些等着看你笑话的人再也笑不出来。

做个安静的人挺好，不喜欢争抢，信奉是我的跑不掉，不是我的抢不来。一群人喧闹我负责微笑，不太大喜也不太大悲，世间仅此一次，所以从从容容随遇而安，不被别人打乱节奏。进能倾听他人想法，退能思考自己生活。欣赏他人，你很好我也不赖，你有大世界，我有小生活。此地甚好，从容而行。

做好自己从接纳自己开始

你仍然可以做自己。

如果你觉得做自己就是不一定结婚生子的话，也没有什么不可以。你说在寻找自己的真爱，真爱也不一定跟“结婚生子”成对立局面，对吗？

所以，于你而言，理想的结局当然是做了自己，找到真爱，又结婚生了子。皆大欢喜。

其实没有什么势不两立的部分。自我的价值观，你可以继续保有。主流的价值观，你也可以参考、顺应、延伸。

重点是：你爱自己吗？接纳自己吗？你允许自己活得跟别人不一样吗？你能面对妈妈的内疚吗？

一个女人，并非只有结婚生子才能完整

就像舞蹈家杨丽萍说，她来人世是做生命的旁观者，她来，就是看一棵树怎么生长，河水怎么流，白云怎么飘，甘露怎么凝结。她把一朵花、一棵树当成自己的孩子。她认为，自己就是自然的一部分。

这样的人生，也许在妈妈们看来，是不完整、有缺憾的，只是，从我的角度看来，她是完整的，她为世间带来了艺术舞蹈的美与创造，她是大自然的精灵与使者。

每个人，来到世间的功课与使命不一样，敢不敢成为自己，的确是需要勇气与决心的。当一个人内心的力量足够强大，他才有勇气去做不符合主流价值观的少数人。祝福你！活出自己，像花一样自由绽放！

更更难的其实是认识真正的自己

在我们目前的社会环境，做自己其实真的不容易，要坚持自己的非主流价值观就更加的难了。不过，还有一个更更难的其实是认识真正的自己。

也就是说，我们常常以为自己很了解自己，非常清楚地明白自己的坚持和追求。但我发现，我们自以为是的基本都是表意识，是我们的头脑和认知的产物，而我们的潜意识却隐藏着很多最真实却让我们难以觉察的真实。

如果你现在一直在寻找自己的真爱，而31岁的你还一直没有找到的话，你也许应该问问自己：现在的我，现在我坚持的自己，我真的认识和真的了解了吗？现在的我，如果一直还没有创造出自己想要的生活的话，是什么在我的内在限制着我？

我今年已经42岁了，还没有自己的孩子，我不代表传统的主流价值观，但我依旧想要自己的孩子，我也在准备要孩子的规划中。但我最近也在不停地问自己这个问题：我那么想要孩子，是我表面意识想要，还是我内心真正想要。

你是否真正找到了自己屹立不倒的自我价值观？

其实，一个人就应该坚持自己，坚持过自己真心想要的生活。但这里重点的重点是，你是否真正认识到了自己，是否真正找到了自己屹立不倒的自我价值观。

如果你确定找到了自己，那就管别人说什么，继续走自己的路就好！如果你还不确定的话，先去找到真正的自己再说。

用真正的爱来回应父母的一切错误地表达

至于妈妈，她和周围的朋友不同，这个至亲的亲人，你需要多多和她交流。其实，我们的父母常常把爱用担心、干扰、控制的方式来表达，这当然不是爱的正确表达方法，但我们要学习做个智慧的人，用真正的爱来回应父母的一切错误地表达。找时间和妈妈谈谈心，告诉她你的想法你的坚持，也告诉她你是如何地爱和感谢着她吧。

真正地做自己，需要如实观照自己的身心感受

跟父母的控制反着来，与某些庸俗主流价值观对立，并不代表我们在做自己。当父母要求我们做A，我们偏要做-A，一样是陷入轮回的陷阱，依然在被控制。

真正地做自己，需要如实观照自己的身心感受。去行动，不是被头脑的念头驱动，而是在那一刻，你的整个身心就那么自然地选择如此，没有对与错，好与坏，也不存在追随什么或者反对什么，你就是会那样行动。当你真正做自己，也就会同时也理解到，别人也在做他们当下唯一能做的选择，也许恰巧与你一致，也许正好相反，你并没有与任何人对立。

这世界毕竟是残酷的，不奢求别人对自己刮目相看，也不用急着需要被谁理解，萝卜青菜还各有所爱呢，何况陪我哭陪我笑的人，也是自己慢慢经历赚过来的老友；那些来自陌生人的眼光和评价，不顺心的翻个白眼也就过去了。

想要走的远，就必定要承担。有人喜欢你就有人毒舌你，成果代价自己知道。你只能继续往前走，才能回应所有的质疑。必须变得更有力，才能hold住生活带来的压力。我们都在生活的洪流里逆水行舟，必须保持努力，才能不被淹没。想得到的东西，自己去争取；没人扶你的时候，自己站直。

没有谁可以挡住一颗追求进步的心

我和所有的普通人一样，也都经历着人生的起落、迷茫、失望、努力……。

作为凡夫俗子的我们，谁都无法躲避，无法逃脱，无法隐藏。但是，可喜的是，我们作为灵长类动物的，可以想办法规避所有的不愉快，迷失，甚至失落。

一切问题都有解决方法，只要我们认识清楚、想明白。没有谁可以挡住一颗追求进步的心，因为，我们知道：有志者，事竟成。

尝试去了解你自己：

我们之所以有迷茫的感觉，是因为，我们不了解我们是谁，不知道方向在哪里，更不知道又将去向何方。

深入了解自己包括很多，例如：

你的优势、特长、能力表现有哪些？你的拿手好戏、得心应手的事情又是什么？你最想成就什么事业、又想成为什么样的人？你最大的人生愿望是什么，准备怎么实现？你受过的最大的人生挫折是什么，你又是怎么跨过这个坎的？你的经历当中什么事情是你最为感动的？那些事情别人对你做了，你很伤心，但却无能为力？

……

如何发现自身的优势，提供7点建议：

1.什么事情你最愿意为之付出，且毫无怨言。

你任劳任怨的事情，就是你的优势之一。

你的所有优势只要发挥到极致，成为别人无法替代的，便可以取得霸主的位置。20/80原则（即二八定律、帕列托法则也叫巴莱特定律、最省力的法则、不平衡原则等，被广泛应用于社会学及企业管理学等），我相信大家都听说过。

比如：快递运输行业在民营行业正式驻足之前，一直是中国邮政最大，但民营企业进入以后，顺丰快递便迅速崛起，占据了半壁江山。那么，针对快递运输业务而言，四通一达和顺丰就是这个例子了。这就是二八原则的定律。

再比如：以凉茶出名的加多宝，在整个凉茶行业占据着不可动摇的地位，尽管某个品牌仍旧在和他抢品牌，但，他的优势已无可替代。

回到刚才，对于人而言，人类的优势是相对的，只要你能够了解自己的优势，你就可以将它发挥到极致，深挖！深深地挖！！

如果你善于记忆，你就尝试记忆人类最不愿意挑战的东西，那么你就赢了，至少在这个领域，你是有一定的优势的。

科学研究表明，人类已经被发现的优势有400多种，你用心了，就明白了自己的优势。再者，你愿意为此付出自己的辛勤努力，那就说明你的优势已经逐渐明显了。

2.让你有坚强的毅力，并促使你不断前进

你能够为了一件事坚持不懈。假设你喜欢写作，并为之付出了不断的努力，坚持了比别人更长的时间，那么你的第二个优势就出现了。冯仑有句话是这样说的："伟大都是熬出来的"，说的正是这个意思。

我们身边也不乏这样的例子：

李宁原是一位普通的体操运动员。但他始终坚持着每天训练10多个小时，每次训练一定要突破一个动作难度，不然决不让自己轻易地离开训练场馆。他终于成功了，在洛杉矶奥运会上，一人独得3枚金牌。

北宋著名的思想家、政治家、军事家、文学家——范仲淹。他从小丧父。尽管这样，他仍旧艰苦读书，不放过任何一个学习的机会，最终成为中国有名的文学家。

如果有任何一件事，你愿意为之长时间坚持，并不懈努力，不畏惧任何阻力，从不打退堂鼓。那么，我想说，恭喜你。你终于战胜了自己，这种优势无可取代。

3.对任何一件事的疯狂热爱

我们经常会听人说，兴趣是最好的老师。你对任何事情的热爱都是你的兴趣点，最终取得重大成就的人都是从一个小小的爱好开始的。

多少熟悉中国古代文学史的人都应该知道我国的南宋诗人陆游。陆游在小的时候因为喜欢读书，他的桌子上、房间、柜子里，床头上、放满了各种书籍。他喜欢阅读也喜欢写作，这就是他的爱好。最终，陆游留给我们将近万首诗歌，成为响当当的文学家。

画家中有一个大家——齐白石老先生，在他90岁生日的时候，因为很晚了送客人，忽然想起自己还有画作没有完成，于是拿起画笔继续作画，终于没有坚持住疲惫的身躯，在家人的劝导下去休息了，次日一早醒来，接着作画，为了身体，家人纷纷劝他休息。

他的回答是这样的："昨天客人在，画作没完成，今天继续。"话音没落，他又去作画了。

对于任何一件事情的痴迷，都是你前进的方向，没有任何人可以挡住你。

如果是这样，那么，恭喜你，这就是你天然的优势所在。

4.能够发挥你潜力的事情，值得尽全力去做

能够激发你的潜力的事情，就是你的宝藏。例如你喜欢文字创作，比如，广告文案。

对于同样一个客户，一个创意人员可能尽力写了一套方案，起了一个比较新颖的名字，也可以打动人。但是，你愿意为此继续深入挖掘，无论

从整体的框架结构，还是构思方案，都愿意花费很长的时间和心血去为此努力，并且能信手拈来、妙趣横生。

这个时候，即便别人能够在某些方面能够超过你，你也已经有了充分的自信和更广阔的天地可以一展身手。

我相信，大发明家爱迪生大家都是知道的。殊不知，爱迪生在上小学的时候是被老师鄙视过，甚至歧视过的学生，一度不得不放弃自己的学习机会。可是，他的妈妈并没有放弃他，而是费尽心思找老师帮助开发爱迪生的潜能。才成就了世界著名的发明家，他留给我们的，是两千多种发明。这些东西，包括现在我们现在仍旧在使用的：电灯、电话……

人类的潜力是无限巨大的，只要你有潜力，尽情开发。你一定可以，取决于你是否愿意。

5.你可以发现世界的美好，并善于观察

让你的思维变得发光的事情，就是有价值的。

罗丹曾说过："生活中，并不是缺少美，而是我们缺少发现美的眼睛。"

一个善于观察的人，是一个善于思考的人，更容易给人带来变化。

我们生活在互联网时代，我们身边有很多不同的机会，你如果能发现这背后隐藏的秘密，一定可以成就一番事业。

微信的创始人张小龙，如果没有一双发现人们沟通的过程中可以通过这样的方式进行简单的操作就可以搞定的话，那么，微信肯定不会有今天这样的节奏，更不可能在中国乃至世界范围内垄断社交圈。

京东这几年的发展十分的迅速。倘若，刘强东在创业之前，没有敏锐的市场嗅觉和深入的观察能力的话，京东不会是现在这个样子，别说上市，恐怕连生存下去都难。

敏锐的嗅觉和超强的观察能力是一个人天生的财富。只有发现不了别人发现的东西的人，才有一双美丽的眼睛。

6.将一件事情发挥到极致

成功就是简单重复，将别人不愿意做的事情做到极致，同样可以成为赢家。

如果你在烹饪方面有很大的优势的话，那么，就可以尝试着让自己多接触食物、食品或者餐点方面的内容。并尽可能将它发挥到无可替代。

史蒂夫·乔布斯，在世人的眼里是一个非常偏执的人，这可能和他的经历有关系，但是，无可置疑的是，他苹果的发展带入了一个非常高的境界，影响力横贯全球。

他的偏执也会被人们忘却，因为他的优点太明显了，根本也就无人能及。

钢琴家郎朗在上小学的时候，被妈妈逼着苦练钢琴，多次都想放弃，可喜的是，他没有这么做，最终，他走上了国际舞台，为华人争得了无数的荣誉。

其实就是，当你在一件事情上，得到了别人的赞赏或者支持，那么毫无疑问，你的优势已经愈发明显。剩下的事情，坚持做就是了。

7.合理规避自己的缺点，成倍地放大优点

无可匹敌的发挥特长，你占据了优势。

我相信大多数都知道木桶原理。（木桶定律是讲一只水桶能装多少水取决于它最短的那块木板。一只木桶想盛满水，必须每块木板都一样平齐且无破损，如果这只桶的木板中有一块不齐或者某块木板下面有破洞，这只桶就无法盛满水。）

你的劣势，决定了你的高度，以及可以有效地发挥你多少优势。

我们每个人都会有自己的优势，无论是写诗、作画、书法等。如果你的书画比写诗做得好，那就把更多的时间放在书画上，并极力把它发挥出来，给别人发现你创造机会。

这里这么做的目的并不是说要完全抛弃自己写诗的爱好，更为重要的是，把才能最大化，也才能更好地发挥自己的优势，否则可能会顾此失彼、得不偿失。

我相信，姚明身上肯定有很多个爱好或者优势，但是，相对而言，我们更加可以明确地知道，他打篮球肯定是无可匹敌的，也更是许多人无可取代的。

海尔电器的产品也绝非只有冰箱这一样。不过，它在冰箱上面的优势是很多企业所望尘莫及的。

格力电器也有其他产品在做，我们第一想到的却是格力空调，也与此存在异曲同工的道理。

说白了，就是将自己的优势最大化，合理规避自身缺点。

任何人，只有了解了自己，才能发挥出来自己的潜力，走得更远。

每一个生命都是蕴含着无法估量的意义和价值，我们生来便是人生的胜利者，所以必须忘却自卑的心理，勇敢向前。

无论是找别人发现自己的优势，还是自己慢慢尝试，都需要在未来的道路上让自己发光发热。

如果你还没有真的发现自己，就尝试做一件有意义的事情，持续做下去，仅仅是认为它有意义就足够了。比如：写字。

你甚至可以像记流水账一样，尝试每天记录当天的自己并和过去的自己死磕、总结。

只有清楚地了解自己的想法，你才会拥有更加美好的未来。

你一定要努力，但要有正确的方向！

有人会问，女孩子上那么久的学、读那么多的书，最终不还是要回一座平凡的城，打一份平凡的工，嫁作人妇，洗衣煮饭，相夫教子，何苦折腾？我想，我们的坚持是为了，就算最终跌入烦琐，洗尽铅华，同样的工作，却有不一样的心境，同样的家庭，却有不一样的情调，同样的后代，却有不一样的素养。